KB266476

연월일
年月日

年月日

Copyright © 1997 by Yan Lianke
Korean translation Copyright © 2026 by KYOBO BOOK CENTRE
The publisher further agrees to print the following: "Korean translation rights arranged with THE SUSIJN AGENCY LTD. through EYA Co.,Ltd."

이 책의 한국어판 저작권은 에릭양 에이전시를 통한 독점 계약으로 교보문고에 있습니다.
저작권에 의하여 한국 내에서 보호를 받는 저작물이므로 무단전재와 무단복제를 금합니다.

연월일
年月日

옌롄커
閻連科

김태성 옮김

신이 오신다면 어두운 밤 영혼의 빛은 양지를 향한 색깔일 것이다

글을 쓰는 사람에게 있어서 글쓰기를 회상하는 글쓰기보다 더 따스하면서도 서글픈 일은 없을 것이다. 늙어 쇠약한 노인이 젊은 시절의 어느 날을 회상하는 것과 같은 일이기 때문이다.

지금으로부터 약 30년 전인 1996년, 나는 이미 5년째 허리를 곧게 펴고 걷지 못하고 있는 처지였다. 그렇다고 진짜 곱사등이처럼 등이 굽고 허리가 휜 것은 아니었다. 그저 나를 절반의 기형과 절반의 폐인 상태로 몰아넣은 그놈의 허리 질환 때문에 영원히 머리가 어지러웠고 이명과 심한 목 디스크를 동시에 앓고 있는 정도였다. 그리하여 나는 1년 내내 유명

한 의사들을 만나보고 명약을 구하기 위해 중국 북방의 여러 성을 돌아다녔다. 그러면서도 매일 어두운 곳에서 홀로 눈물을 흘리며 슬픔 속에서도 끊임없이 침대에 엎드려 글쓰기에 몰두했다. 글쓰기를 통해 생명의 의미를 따져 묻고 생명의 무의미를 떨쳐버리려 했다. 그러다가 그해 가을, 신을 만난 것처럼 우연의 도움으로 중국 고대 도시인 시안(西安) 교외에 사는 민간에 이름난 명의를 한 분 만나게 되었다. 놀랍게도 그 덕분에 내 허리와 목 질환이 눈에 띄게 완화되었고, 몸도 한결 편안해졌다. 그리하여 그해 가을 끝자락의 어느 날, 나는 시안 근교의 옥수수밭 사이로 펼쳐진 작은 길을 따라 계속 앞을 향해 걷고 있었다. 그렇게 인적이 없이 황량하기만 한 곳을 향해 뭐라고 단정할 수 없는 기묘한 명상 속에서 길을 걷고 있었다. 사람이 몸을 곧게 펴고 걷는 것이 얼마나 행복하고 즐거운 일인지를 온몸으로 실감했다. 신의 손길이 나를 어루만져주는 것 같았다. 생명의 진정한 아름다움이 느껴졌다. 저 앞에서 해가 지고 있었다. 들풀이 내 발밑에 깔려 있었다. 고요함 때문인지 주변에서 옥수수가 사각사각 숨을 쉬거나 움직이는 소리를 들을 수 있었다. 이처럼 적막함과 황량함 속을 걷다가 왠지 모르지만 갑자기 나도 모르게 걸음을 멈췄다. 이어서 깊은 죽음 같은 적막의 순간에 머릿속으로 맹

력한 깨달음이 밀려왔다. 머리가 아주 맑아지고 깨끗해지는 느낌이었다. 한 가지 생각이 번개 같은 찰나에 머리를 스치고 지나갔다.

인류의 종말이 다가와 이 세상에 사람 하나와 씨앗 한 알만 남게 된다면 그다음은 어떻게 될까?

내가 온몸을 떨면서 갑자기 걸음을 멈춘 것은 이 벼락 같은 생각 때문이었다. 극심한 놀라움과 당혹감에 온몸이 거세게 흔들렸다.

바로 그 순간, 나는 황혼의 햇빛 속에서 옥수수밭 끝이 해를 향해 환하게 밝아지는 광경을 목격했다. 그 빛은 춤을 추듯이 움직이며 세상 전체를 달콤함에 빠지게 했다. 세상이 빨간 비단과 파란 비단 속에서 춤을 추는 것 같았다.

이때부터 나는 시인 엘리엇이 말한 '영혼의 시각'을 믿기 시작했다.

신의 은총을 본 것 같았다. 아주 미세한 번개들이 내 눈앞을 번쩍번쩍 지나가며 작은 그림자들을 남겼다. 나는 황망히 몸을 돌려 빠른 걸음으로 정적에서 벗어나 사람들이 바글거리는 곳을 향해 걷기 시작했다. 갑자기 내가 더 이상 장애인도 아니고 기형의 인간도 아닌, 누구보다 건강하고 생명력이 넘치는 사람이라는 생각이 들었다. 다시 그 누추한 여관

으로 돌아온 나는 얼른 짐을 꾸린 다음 나의 은인인 민간의
명의를 찾아가 작별 인사를 건넸다. 그와 악수하고 돌아와
다음 날 날이 밝기 무섭게 서둘러 시안역으로 달려갔다. 그
렇게 하루 꼬박 기차를 타고 베이징의 집으로 돌아왔다. 아
침 일찍 일어나다 보니 먹은 게 거의 없었는데도 배가 고프
지 않았다. 나는 곧장 중국의 장애인용품 공장에 특별히 주
문하여 제작한 글쓰기 전용 의자에 엎드려 글을 쓰기 시작
했다. 얼굴은 하늘을 향하고 두 팔을 들어 올린 채 머리 위
허공에 옆으로 걸린 선반과 연결된 판에 대고 글을 쓴 것이
다. 그 작품이 바로 『연월일(年月日)』이다.

　　아무런 구상도 없이 쓰기 시작한 작품이었다. 첫 구절
을 쓴 다음부터 저절로 흘러가는 사유를 그대로 원고지에
옮겼다. 한 주가 지나 완성된 원고를 중국 최고의 문학 간행
물인 『수확(收穫)』 잡지사로 보내고 나서 얼마 지나지 않아
아주 빨리 연락이 왔다. 이 작품을 그해 1월호에 게재하겠다
는 것이었다. 그 뒤로 이 소설에 대한 독자들의 열독과 뜨거
운 반응이 나로 하여금 글쓰기에 대한 종교에 가까운 미신과
신비감을 갖게 해주었다. 나는 위대한 문학은 반드시 한 사
람의 생명의 역참에 놓인 책상이라는 사실을 믿기 시작했다.
문학에 담기는 신의 존재와 신의 눈길, 그리고 신성한 빛을

믿기 시작했다. 신이 오실 때 문학의 어두운 밤은 결단코 양지를 향하는 색깔일 것이라는 사실을 믿기 시작했다. 때문에 그 뒤로 나는 매일 펜을 손에 쥐고서 신이 강림하시기를 기다렸다. 신을 만날 수 있는 그 순간을 기다렸다. 칠흑같이 어두운 집에 맹렬하게 한 다발의 빛줄기가 쏟아져 들어오기를 기다리는 것 같았다. 눈앞을 막고 있는 벽이 우르릉 소리와 함께 무너지고 환하게 빛나는 길을 바라볼 수 있기를, 그 길을 아주 먼 곳까지 곧장 가서 지평선 건너편의 하늘을 만질 수 있기를 기대했다. 하지만 오랜 기다림 속에서 신의 눈빛과 영혼의 빛은 날이 가고 해가 갈수록 점점 쪼그라들기만 했고 다시 내 앞에 나타나는 일이 없었다. 마흔 살이 넘은 사람이 스무 살의 생일을 기다리는 꼴이 되고 말았다. 머리가 희끗희끗해진 사람이 검은콩을 아무리 많이 먹어도 머리가 까매지기를 기다릴 수 없는 것과 같았다. 그렇게 길고 말 없는 기다림 속에서 질병은 또 30년 가까이 나와 함께해왔다. 날이 가고 해가 가도록 묵묵히 기다린 것이 완전히 헛수고가 되고 말았지만 나는 여전히 신의 눈빛과 신의 영험한 빛을 믿는다. 언젠가는 신의 눈빛과 신의 영혼의 빛이 나타나 나를 비춰줄 것이라고 믿는다. 신의 빛은 어두운 밤에 내 곁에 강림한다 해도 틀림없이 양지를 향한 색깔로 나타날 것이라고 믿는다.

매일 병상에 누워 있는 사람이 영원히 죽음의 꽃다발을 기다리지 못하는 것이 생명의 가장 큰 아름다움인 것과 같다.

『연월일』이 생명의 고갈 속에 피어난 한 송이 꽃인지 아닌지는 중요하지 않다. 위대한 소설인지 아닌지도 중요하지 않다. 중요한 것은 신이 나의 몹시 허망하고 죽음처럼 적막했던 생명에 한 줄기 빛을 비춰주었다는 사실이다. 진지하고 성실하게 펜을 드는 사람에게는 언젠가 어두운 밤에 다시 영혼과 함께 신의 눈빛이 한 다발 빛줄기로 나타날 것이라고 믿게 해주었다는 사실이다. 이 작품 덕분에 나는 내게 속한 소설이 어떤 것인지를 깨닫기 시작했다. 그리고 진정한 글쓰기를 시작했고 글쓰기가 무엇인지 조금씩 깨달아나가고 있다.

2025년 9월 25일 베이징에서

옌롄커

일러두기

1. 작품에 등장하는 인명과 지명은 국립국어원 외래어표기법 및 표기 용례를
   따랐다.
2. 본문에 수록된 모든 각주는 옮긴이의 것이다.

차례

연월일
年月日

1

천고 이래 최악의 가뭄이 덮쳤던 그해에는 세월도 타서 재가 되어버렸다. 손으로 쓱 문지르면 세월이 재처럼 손바닥 위 타버린 자리에 들러붙었다. 줄줄이 꿰인 여러 개의 해가 끝이 보이지 않게 머리 위에 걸려 있었다. 셴(先) 할아버지는 아침부터 밤까지 하루 종일 자기 머리카락이 누렇게 타들어가는 냄새를 맡았다. 가끔씩 하늘을 향해 손을 뻗으면 눈 깜짝할 사이에 손톱 탈 때 나는 검은 악취가 풍겼다.

"염병한 날씨 같으니라고!"

항상 이렇게 욕을 하면서 사람 하나 없이 텅 빈 마을을 나선 셴 할아버지는 끝없는 적막을 밟으며 해를 향해 비스듬히 눈을 흘겼다. 그러고는 눈먼 개에게 말했다.

"장님아, 가자."

눈먼 개는 나이가 들수록 더욱더 창망해지는 할아버지의 발소리를 들으며 그의 등 뒤에 그림자처럼 붙어 함께 마을을 나섰다.

셴 할아버지는 다리 위에 올라 발밑의 햇빛을 지직 소리가 나도록 걷어찼다. 동쪽 산맥에서 쏟아져 들어오는 빛의 가시가 대나무 장대처럼 그의 얼굴과 손, 발등을 찔러댔다. 셴 할아버지는 따귀를 맞은 것처럼 얼굴에 얼얼한 통증을 느꼈다. 얼굴에 지독한 햇빛을 받아 눈가에 깊은 주름이 파였다. 안에 뜨겁고 붉은 구슬이 무수히 감춰져 있기라도 한 듯 눈두덩 아래로 붉은 통증이 밀려왔다.

셴 할아버지는 비탈로 가서 오줌을 누었다.

눈먼 개도 할아버지에게 이끌려 함께 오줌을 누었다.

지난 보름 동안 셴 할아버지와 눈먼 개는 아침마다 잠에서 깨면 가장 먼저 하는 일이 바리반(八里半) 밖의 비탈에 가서 오줌을 누는 것이었다. 셴 할아버지는 그곳 양지바른 땅에 옥수수를 심어놓았다. 이 옥수수는 황량한 세월의 메마른 날씨 속에서 푸석푸석하게, 거의 다 탈색된 초록빛을 떠었다. 다 타버린 재 같은 날씨 속에서 이 옥수수 한 포기만

이 촉촉하게 소량의 물기를 간직하고 있었다. 오줌은 거름이었다. 오줌에는 수분이 들어 있었다. 옥수수에게 부족한 것이 셴 할아버지와 눈먼 개가 밤새 비축한 오줌 속에 담겨 있었다. 옥수수가 지난밤에 스삭스삭 소리를 내며 손가락 두 마디만큼 자랐거나 네 개이던 잎이 다섯 개가 되었을지도 모른다는 생각만 해도 셴 할아버지는 속이 꿈틀꿈틀 움직이면서 부드럽고 경쾌한 감격이 가슴 가득 따스하게 찰랑거렸다. 얼굴에도 분홍빛 웃음기가 한 겹 어른거렸다. 옥수수가 자라면 잎이 늘어나겠지. 그는 속으로 생각했다. 그런데 어째서 홰나무와 느릅나무, 참죽나무는 조금 자랐다 하면 잎이 두 개씩 늘어나는 거지?

"장님아, 말해봐라. 농작물들은 왜 잎이 늘어나는 숫자가 나무와 다른 게냐?"

셴 할아버지가 고개를 돌려 눈먼 개에게 물었다. 잠시 개의 머리 위에 시선을 얹었다가 눈먼 개의 대답을 기다리지도 않고 다시 고개를 돌렸다. 그리고 그 문제를 혼자 곰곰이 생각하며 앞으로 걸어갔다. 셴 할아버지는 고개를 들어 이마에 손을 갖다 대고는 햇빛을 따라 서쪽을 바라보았다. 멀리 산등성이 위로 자줏빛과 황금빛이 뒤섞여 내려앉고 있었다. 농염하게 붉은 연기와 먼지가 땅 위로 한 겹 내려앉는 것 같았다. 센 할아버지는 이것이 하룻밤을 쉰 땅의 기운이 햇빛을 오래 받아 피어오르는 것이라는 사실을 모르지 않았다. 좀 더 가까이 가보니 쩍쩍 갈라진 땅바닥의 빈 틈새들이 마치 땅의 조각들을 가마에서 구운 다음, 다시 깨뜨려 산맥에 뿌려놓은 것 같았다.

마을 사람들은 일찌감치 떠날 준비를 했다. 밭의 밀은 이미 다 말라 죽었고 고산준령이 전부 황무지로 변해버렸다. 세상 전체가 온통 말라 죽은 빛깔이었고 농가들은 세월 속에서 기다림에 지쳐갔다. 이처럼 고통스러운 삶 속에서도 가을 파종 시기가 다가오자 갑자기 하늘에 비구름이 몰려오더니 마을 거리에 북소리와 꽹과리 소리가 울려 퍼지기 시작했다. 천지에 가을 파종을 알리는 소리가 울려 퍼졌다. 가을 파종을 합시다. 하늘이 우리에게 가을 파종을 하라고 하네요. 노인들도 외치고 아이들도 외쳤다. 남자들도 외치고 여자들도 외쳤다. 이처럼 가을 파종을 외치는 소리는 한목소리가 되어 모든 사람을 즐겁게 하고 모든 사람의 가슴을 울리며 강물처럼 마을 거리를 휘돌았다. 동에서 서로, 서에서 동으로 흐르다가 마을 어귀를 지나 산등성이로 흘러갔다.

　―가을 파종을 합시다.
　―가을 파종을 합시다.

─하늘이 우리에게 가을 파종을 하라고 하네요.

남녀노소가 한목소리로 외치는 이 끈적끈적한 소리가 산맥 전체를 뒤흔들었다. 가지 위에 내려앉았던 참새들이 화들짝 놀라 허공에서 서로 부딪치며 깃털이 눈처럼 떨어져 날렸다. 닭과 돼지들이 자기 집 문 앞에서 멍한 표정으로 서 있었다. 굳은 표정이 얼굴에 두껍고 하얗게 덮여 있었다. 외양간 기둥에 매여 있던 소가 갑자기 밧줄에서 벗어나려고 몸부림쳤다. 소의 콧구멍이 찢어지며 흑청색 피가 여물통을 가득 채웠다. 고양이와 개들이 모두 지붕 위로 올라가 놀란 눈으로 마을 사람들을 내려다보고 있었다.

짙은 구름은 사흘 동안 하늘을 가득 메웠다.

사흘 동안 류자젠촌(劉家澗村)과 우자허촌(吳家河村)에서부터 첸량촌(前梁村), 허우량촌(後梁村), 슈안마좡촌(拴馬椿村)까지 바러우산맥 일대에 사는 사람들 모두가 잘 보관해두었던 옥수수 종자를 꺼내 비가 오기 전에 서둘러 땅에 심었다.

사흘 뒤에 구름이 흩어져버렸다. 이전처럼 뜨거운 해가 산등성이를 매섭게 달구기 시작했다.

보름이 지나자 마을 사람들은 집과 마당의 문을 굳게 닫아걸고 짐을 짊어진 채 지독한 가뭄을 피해 떠나기 시작했다. 피난 행렬이 사나흘 이어졌다. 어딘가로 이주하는 개미

때와 다르지 않았다. 밤낮으로 사람들의 행렬이 마을 뒤 산길을 통해 바깥세상으로 몰려 나갔다. 저벅저벅 발소리가 시작도 끝도 없이 마을에 전해져 우당탕 집집마다 문과 창문 위로 떨어졌다.

셴 할아버지는 마지막 이주 행렬에 끼어 피난길에 나섰다. 음력 유월 열아흐레에 그는 수십 명의 마을 사람들 틈에 섞어 걸음을 옮겼다. 마을 사람들이 셴 할아버지에게 어디로 가느냐고 물었다. 셴 할아버지는 동쪽으로 간다고 말했다. 마을 사람들이 동쪽이 어디냐고 묻자 셴 할아버지는 동쪽으로 계속 가면 쉬저우(徐州)가 나온다고 대답했다. 동쪽으로 40일이나 50일쯤 걸어 쉬저우에 도착하면 편안하게 살 수 있을 것이라고 말했다. 사람들은 그렇게 동쪽을 향해 걸었다. 햇볕이 새빨갛게 산길을 달구는 가운데 사람들 발밑으로 먼지가 일었다 가라앉는 소리가 구르릉구르릉 요란하게 울렸다. 하지만 바리반까지 왔을 때, 셴 할아버지는 갑자기 더 이상 가지 않기로 마음먹었다. 그는 마지막으로 자기 집 옥수수에 오줌을 누고 돌아와서는 마을 사람들에게 말했다.

―어서들 가요. 동쪽으로 계속 가라고요.

―할아버지는요?

―우리 집 옥수수에 싹이 났어요.

―그런다고 굶어 죽는 걸 면할 수 있나요?

―내 나이 일흔둘이라 사흘쯤 걷다가 지쳐서 죽을 거요. 어차피 죽을 거라면 내 마을에서 죽고 싶소.

그렇게 마을 사람들은 떠났다. 가까운 곳에서 저 먼 곳까지 커다란 검은 점들이 뜨거운 햇볕 아래 먼지 속으로 서서히 사라졌다.

셴 할아버지는 자기 집 밭머리에 섰다. 공허한 눈빛이 천천히 가라앉아 쿵 하는 소리와 함께 마음속으로 떨어졌다. 그 순간 그는 온몸을 떨면서 마을을 통틀어, 산맥 전체를 통틀어 일흔두 살 노인 하나만 남았다는 사실을 깨달았다. 그의 마음은 한없이 공허해졌다. 죽음 같은 적막과 황량함이 깊은 가을처럼 그의 온몸 위로 내려앉았다.

2

셴 할아버지는 그날 동쪽 산을 넘어 황금빛 하늘이 새빨갛게 물들 때쯤 눈먼 개와 함께 여느 때와 다름없이 바리반의 밭으로 돌아왔다. 그는 멀리서 1무(畝) 3분(分)*밖에 안 되는 밭 한가운데를 바라보았다. 젓가락만 하게 올라온 옥수수 싹이 새빨간 햇빛 아래서 뿜어져 나오는 물줄기처럼 푸르스름한 빛을 띠고 있었다.

"냄새가 나지?"

셴 할아버지가 눈먼 개에게 말했다.

---

* 1무는 665제곱미터로 약 200평, 1분은 10분의 1무이다.

"얼마나 향기로우냐. 10리나 8리 밖에서도 이 촉촉하고 신선한 새싹의 냄새를 맡을 수 있을 게야."

눈먼 개는 할아버지를 향해 고개를 들었다가 그의 다리에 몸을 몇 번 비비고는 아무 말 없이 옥수수 싹을 향해 달려갔다.

앞에는 깊은 구덩이가 하나 파여 있었다. 구덩이 안에 잔뜩 쌓여 있던 뜨거운 열기가 셴 할아버지의 얼굴 위로 훅 밀려왔다. 그는 입고 있던 하얀 적삼을 벗더니 둘둘 말아 얼굴을 훔쳤다. 너덧 자나 쌓인 역한 냄새가 코를 찔렀다. 얼마나 훌륭한 거름인가! 셴 할아버지는 옥수수가 보름만 더 자라면 이 적삼을 빨 생각이었다. 적삼을 빨고 난 물을 마을에서 가져다가 옥수수에게 설날처럼 멋진 한 끼를 먹을 수 있게 할 작정이었다. 셴 할아버지는 적삼을 소중하게 개켜서 겨드랑이에 끼었다. 옥수수가 그의 눈앞으로 다가왔다. 역시 나지막한 키에 잎은 겨우 넉 장이었다. 그가 상상하는 잎의 새싹은 나오지 않았다. 옥수수 머리를 살펴보면서 그 위에 앉은 먼지를 가볍게 불어 날려버린 셴 할아버지의 마음속에 실망이 차갑게 북받쳐 올라왔다.

눈먼 개는 할아버지의 다리에 몸을 몇 번 비벼대고는 옥수수 주위를 한 바퀴 돌았다. 그러고 나서 또 한 바퀴를 돌았다. 셴 할아버지가 말했다.

"장님아, 좀 크게 한 바퀴 돌아보지 그러느냐."

하지만 눈먼 개는 그 자리에 선 채 미동도 하지 않다가, 흥 하고 푸른 가죽끈 같은 소리를 내뱉더니 고개를 들어 할아버지를 쳐다보았다. 뭔가 참기 어려운 일이 있는 것 같았다.

셴 할아버지는 녀석이 오줌을 더 참을 수 없는 지경에 이르렀다는 걸 모르지 않았다. 셴 할아버지가 밭 옆에 서 있는 말라 죽은 홰나무 가지에서 호미를 집어 들었다. 그는 사용했던 농기구를 전부 이 홰나무에 걸어두었다. 어제는 옥수수 싹 동쪽에 구덩이를 팠지만 오늘은 서쪽에 작은 구덩이를 파면서 눈먼 개에게 말했다.

"어서 이리 와. 여기에 누도록 해라."

눈먼 개가 오줌을 다 누기도 전에 갑자기 셴 할아버지의 일흔두 살 된 눈이 뭔가에 찔린 것처럼 아파왔다. 눈가가 알싸했다. 이어서 마음속에서 펄럭펄럭 소리가 났다. 그는 옥수수 싹의 맨 아래 잎 두 개에서 아주 작은 반점들을 발견했다. 잎사귀에 밀 껍질이 엉겨 붙은 것처럼 둥근 모양을 이루고 있었다. 한반(旱斑)*인가? 내가 아침마다 여기에다 오줌을 누고 날이 어두워질 무렵이면 물도 주었는데 어째서 이렇게 말라버린 거지? 셴 할아버지가 곧은 허리를 구부리는 순간, 개가 은황색 오줌을 누는 소리가 그의 머리를 두드렸다. 셴 할아버지는 그 진한 갈색의 말라비틀어진 반점이 가뭄 때문이 아니라 거름을 지나치게 많이 뿌렸기 때문이라는 걸 깨달았다. 개 오줌은 사람 오줌보다 훨씬 더 기름지고 훨씬 더 뜨거웠다.

"장님아, 또 여기다 오줌을 누었다간 네놈의 조상들까지 다 절단 내버리고 말 테다."

셴 할아버지가 잽싸게 발을 들어 개를 걷어차 다섯 자 뒤로 날려버렸다. 눈먼 개는 곡식을 담은 자루처럼 저 멀리 땅바닥 위로 나가떨어졌다.

"내가 너더러 오줌을 누라고 하니까 너는 마음먹고 옥수수 싹을 태워 죽일 작정이었던 게냐?"

셴 할아버지가 소리를 질렀다.

눈먼 개는 멍한 표정으로 그 자리에 서 있었다. 마른 우물 같던 눈이 촉촉하게 젖었다.

셴 할아버지가 말했다.

"이런 쳐 죽일 놈 같으니라고!"

＊　가뭄이 들어 물이 부족할 때 잎에 나타나는 반점.

그런 다음 개를 매섭게 한번 노려보고는 쪼그려 앉아 부드러운 옥수수잎을 어루만졌다. 청옥처럼 투명한 잎사귀 위의 짙은 반점을 자세히 살펴보더니 황급히 손을 뻗어 구덩이에 미처 스며들지 않은 개 오줌의 하얀 거품을 걷어냈다. 그러고는 오줌에 젖은 흙을 몇 줌 파내 옆으로 던져놓고 호미로 오줌 눈 자리를 잘 갈무리했다. 그런 다음 호미를 땅에 몇 번 문지르고는 눈먼 개에게 말했다.

"가자. 가서 물을 길어다 뿌려주자. 어서 물을 뿌려 이 거름을 희석시키지 않으면 이틀도 안 돼서 싹이 타 죽고 말 거야."

눈먼 개는 왔던 길을 따라 산마루로 돌아갔다. 셴 할아버지가 그 뒤를 따라 뜨거운 발소리를 내며 걸었다. 말라 타버린 나뭇잎 몇 개가 바람에 날려 뜨거운 햇살 사이로 떨어지는 것 같았다.

그러나 옥수수의 재난은 셴 할아버지와 눈먼 개의 발소리를 따라갔다가 다시 그들을 따라 돌아왔다. 옥수수에 여섯 번째 잎이 났을 때, 셴 할아버지는 물을 뜨러 갔다. 막 우물가에 이르렀을 때 작은 회오리바람이 그의 밀짚모자를 날려버렸다. 모자는 거리를 이리저리 굴러다녔고 셴 할아버지는 황급히 모자를 뒤쫓아 갔다.

양곡을 터는 체 같은 바람은 처음에는 느린 것 같더니 나중에는 아주 빨라지면서 줄곧 셴 할아버지와 일정한 거리를 유지했다. 그는 모자를 쫓아 마을 어귀까지 달려갔다. 그 사이에 몇 번인가 모자가 손에 닿기도 했다. 하지만 작은 회오리바람은 이내 걸음을 재촉해 셴 할아버지를 몇 걸음 뒤로 떨어뜨렸다. 그는 나이가 일흔하고도 둘이었다. 다리가 예전 같을 리 없었다. 셴 할아버지는 속으로 생각했다. 저 모자를 찾지 않아도 되지, 뭐. 마을 전체를 통틀어 밀짚모자를 쓰는 사람은 나밖에 없으니까 말이야. 어느 집 대문을 열어도 밀짚모자를 본 적이 없거든. 그는 발길을 멈추고 고개를 들어 앞을 바라보았다. 산등성이 위에 초가집 한 채가 묘당(廟堂)처럼 길가에 외롭게 서 있었다. 회오리바람은 담장에 부딪히자 더 이상 움직이지 못했다.

셴 할아버지는 차분히 그 집 담장 아래로 다가가 힘을 잃은 회오리바람을 향해 몇 번 발길질해대고는 몸을 구부려 모자를 집어 들었다. 그러고는 두 손으로 힘주어 밀짚모자를 마구 찢어 조각내더니 땅바닥에 뿌렸다. 그런 다음 발로 세게 짓밟으며 소리쳤다.

—갈 테면 가봐.

—회오리바람을 따라가버리라고.

─버틸 힘이 있으면 어디 더 도망쳐보란 말이야.

밀짚모자는 형편없이 찢어지고 말았다. 밀짚의 순수하고 하얀 숨결이 흩어져버렸다. 오랜 나날 메마르고 초조하기만 했던 산등성이가 약간 다른 냄새를 갖게 되었다. 셴 할아버지는 결국 더는 찢어지지 않는 모자챙을 발로 짓이기며 말했다.

"이제는 도망치지 못하겠지? 평생 더는 도망치지 못할 거야. 햇볕이 이렇게 뜨거운 날 나를 버리고 갈 생각을 하다니! 너희 할멈도 날 그렇게 버리고 갔었지."

이렇게 말하면서 셴 할아버지는 편안하게 숨을 내쉬고는 바리반의 산비탈로 눈길을 돌렸다. 발밑의 모자는 더 이상 움직이지 않았다. 입으로 내뱉던 혼잣말이 갑자기 밧줄이 끊어지듯 뚝 끊어졌다.

바리반 산비탈은 산과 들판이 온통 불의 붉은빛과 먼지의 잿빛이었다. 반투명한 담장이 흔들리는 것 같았다. 셴 할아버지는 잠시 멍하니 서 있다가 이내 저 산비탈 위에 부는 바람이 작은 회오리바람이 아니라 거대한 태풍이라는 걸 깨달았다. 그는 뜨거운 햇볕이 쏟아지는 담장 모퉁이에 꼿꼿하게 서서 마음속에서 나는 거대한 폭발음을 듣고 있었다. 등 뒤로 담이 무너져 자신의 앞가슴과 등에 부딪친 것 같았다.

셴 할아버지는 빠른 걸음으로 바리반 산비탈을 향해 걸어갔다.

저 멀리 흔들리는 담장처럼 보이는 반투명한 먼지가 갈수록 짙어지며 이리저리 격렬하게 움직이고 있었다. 그곳을 휘감아 흐르는 홍수의 머리 같았다. 거칠게 위아래로 움직이며 산맥을 거대하고 거친 물결 속에 엄몰시키고 있었다.

셴 할아버지는 생각했다. 끝났어, 정말로 끝난 것 같아.

그는 또 생각했다. 방금 그 회오리바람은 내게 저 앞에 커다란 바람이 일고 있다는 것을 알려주기 위해 내 모자를 날려 나를 산 위로 이끈 것이었어.

셴 할아버지가 말했다.

"정말 면목이 없구나, 작은 회오리바람아. 너를 몇 번씩이나 걷어차지 말았어야 했어."

셴 할아버지는 또 생각했다. 그리고 내 밀짚모자 말이야. 녀석은 좋은 뜻으로 그 바람을 따라 굴러갔던 거야. 그것도 모르고 나는 왜 녀석을 갈기갈기 찢어버렸을까? 늙어서 그래. 내가 늙은 게 분명해. 정말로 늙어서 멍청해지다 보니 좋은 일과 나쁜 일을 구별하지도 못한 거야. 셴 할아버지는 속으로 이렇게 생각하면서 입에서 자책의 말을 등나무 줄기처럼 끝없이 토해냈다.

마음이 조금 편안해졌을 때쯤 저 멀리 일던 큰 바람이 멎었다. 싸우는 소리처럼 윙윙 계속 귓가에 울리던 소리도 멈췄다. 갑자기 귓가에 정적이 내려앉았다. 귓속 깊은 곳이 은은히 아파왔다. 햇빛도 활력을 되찾으며 더 강하고 단단해졌다. 밭에서는 지지직 맑고 하얗게 타는 소리가 났다. 뜨거운 햇볕 아래서 콩꼬투리가 폭발하는 소리 같았다. 셴 할아버지의 발걸음이 가벼워졌다. 숨 쉬는 소리가 일정하고 편안했다. 여인이 바느질로 신발을 지으면서 실을 당기는 소리 같았다. 산비탈에 이르러 밭머리에 선 셴 할아버지는 놀라움을 금치 못했다. 핏빛 숨을 몰아쉬며 눈앞의 광경에 목이 잘리는 듯한 고통을 느꼈다.

옥수수가 바람에 날려 목이 잘린 것이다. 옥수수 줄기가 손가락처럼 잘려 바들바들 떨고 있었다. 생경한 햇빛 아래에서 실처럼 가늘고 조밀한 초록색 슬픔이 흔들리고 있었다.

셴 할아버지와 눈먼 개는 바리반으로 거처를 옮겼다.

셴 할아버지는 조금도 주저하지 않고, 오이를 본 노인이 오이가 익었을 때 오이밭으로 거처를 옮기는 것처럼 그 옥수수 옆에 사다리 네 개를 묻어 기둥을 만들고 네 기둥의 허리에 문짝을 얹었다. 그런 다음 지붕에 풀을 엮어 만든 돗자리를 얹고 그곳을 집으로 삼았다. 그다음에는 사다리 기둥에 못을 박고 솥과 국자, 솔 등속을 가져다가 걸었다. 그릇은 낡은 밀가루 포대에 담아 솥 아래에 두었다. 땅바닥 한구석에는 작은 부뚜막도 만들었다. 남은 일이라고는 꺾인 옥수수 줄기에서 다시 싹이 나오기를 기다리는 것뿐이었다.

갑자기 잠자리가 바뀌자 셴 할아버지는 밤이 되었는데도 도무지 잠을 이룰 수 없었다. 하늘에는 달빛 같은 열기가 떠다니고 있었다. 그는 유일하게 몸에 걸치고 있던 바지를 벗어버리고 실오라기 하나 걸치지 않은 알몸으로 요 위에 앉아 담배를 피웠다. 연기의 명암 속에서 자신도 모르게 두 다리 사이의 물건을 내려다보았다. 등롱처럼 걸려 있는 것이 극도로 추하게 느껴져 얼른 바지를 주워 입었다. 그러고는 속으로 생각했다. 나는 완벽하게 늙었어. 이 물건이 내겐 더 이상 아무런 쓸모도 없지. 어떤 즐거움도 가져다주지 못하니까. 이건 저 옥수수만도 못해. 옥수수는 잎이 하나 날 때마다 내게 큰 즐거움을 주는데 말이야. 젊었을 때는 좋아하는 여인이 마을 어귀나 우물가에서 뭐라고 말을 걸어오면 짜릿한 즐거움을 주곤 했지. 아주 짧은 순간에 촉촉하게 온몸을 적셔주었어. 담뱃재를 떨다가 불꽃이 밭의 어둠을 건드려 바로 옆에 있던 눈먼 개를 깨우고 말았다.

셴 할아버지가 물었다.

"장님아, 깼니?"

그러고는 말을 이었다.

"너는 장님이라 아주 달게 잤겠지. 나는 눈이 밝아서 그
런지 도무지 잠이 오질 않는구나."

눈먼 개가 달려들어 할아버지의 손을 핥았다. 셴 할아
버지는 손으로 개의 머리를 어루만지다가 손가락으로 털을
쓸어주었다. 눈먼 개의 두 눈에서 맑은 눈물이 두 방울 흘러
나오는 것이 느껴졌다. 셴 할아버지가 눈물을 닦아주며 말
했다.

"영원히 죽지 않는 해야. 착한 개의 두 눈을 멀게 하다
니, 넌 정말 지독하게 잔인하고 못된 놈이야!"

개가 눈이 멀게 된 사건을 생각할 때마다 셴 할아버지
는 무언가에 끌려가는 느낌이 들어 재빨리 개를 품에 껴안
고 두 눈을 어루만졌다. 뜻밖에도 개의 눈물은 샘물처럼 할
아버지의 손을 적셨다. 아무도 생각하지 못한 일이었다. 셴
할아버지는 지난 일들을 생각했다. 어느 해든 간에 극심한
가뭄이 들면 마을 사람들은 마을 어귀에 제단을 설치하고
공양물 세 접시와 용왕의 형상을 그려 넣은 물 항아리 두 개

를 올려놓았다. 물 항아리에는 물을 가득 채웠다. 그런 다음 개 한 마리를 두 항아리 사이에 묶어놓고 머리가 하늘을 향하게 했다. 목이 마르면 물을 먹였고 배가 고프면 먹을 것을 주었다. 배도 고프지 않고 목도 마르지 않은 상태에서도 개는 해를 향해 미친 듯이 울부짖었다. 지난 세월에는 길면 이레, 짧으면 사흘 만에 해는 개의 울부짖음에 질려 물러가고 바람이 불면서 비가 오거나 흐린 날이 이어졌다. 올해는 다른 마을에서 도망쳐 온 이 들개가 제단에 묶였다. 보름을 울부짖었지만 해는 여전히 작열했다. 정시에 떠서 정시에 졌다. 열엿새째 되던 날 정오에 셴 할아버지는 제단 앞을 지나다가 햇볕에 지친 개가 물 항아리의 물을 다 마셔버린 것을 발견했다. 또 다른 항아리도 탄 바닥을 드러내고 있었다. 다시 자세히 살펴보니 이 검정개의 털도 그을렸고 목에서는 더 이상 소리가 나지 않았다.

셴 할아버지는 얼른 개를 풀어주며 말했다.

"어서 가거라. 아무리 해도 비는 오지 않을 것 같구나."

제단에서 내려온 개는 앞으로 몇 걸음 곧장 걸어가다가 갑자기 담장에 몸을 부딪치고는 고개를 돌려 다시 제자리로 돌아왔다. 그리고 이번에는 나무에 가서 또 부딪쳤다. 셴 할아버지는 가까이 다가가 개의 귀를 잡아당겨 살펴보고는 마음속으로 놀라움을 금치 못했다. 가슴이 쿵 하고 내려앉았다. 그제야 개의 두 눈동자가 작열하는 해에 말라버린 것을 깨달았다. 이마 아래 두 눈이 있던 자리에는 우물 같은 구멍만 남아 있었다.

센 할아버지는 이 개를 거둬들이기로 마음먹었다.

센 할아버지는 이 개를 거둔 것이 그나마 다행이라고 생각했다. 그러지 않았다면 바러우산맥에 혼자 남은 자신이 누구랑 이야기를 나눈단 말인가. 날이 시원해지기 시작했다. 하루의 열기가 사라지기 시작했다. 움막 위 하늘의 별들도 빛을 거둬들이기 시작했다. 어망을 거둘 때 나는 청백색 물방울 튀는 소리가 났다. 센 할아버지는 이 소리가 물소리도 아니고 나무 소리도 아니고 수풀 속의 벌레 소리도 아니라는 것을 잘 알았다. 이는 광활하고 허무한 밤이 극도의 정적 속에서 응집해내는 적막의 소리였다. 센 할아버지는 계속 손가락으로 개의 머리털을 어루만졌다. 손가락이 등줄기를 따라 꼬리까지 갔다가 다시 머리로 돌아왔다. 개는 이제 눈물을 흘리지 않았다. 할아버지의 손이 털을 어루만지면 개는 할아버지의 다른 한 손을 핥았다. 이날 밤 할아버지와 개는 서로의 목숨을 의지하는 따스함과 촉촉함 속으로 빠져들었다. 둘은 그렇게 소통하고 있었다.

셴 할아버지가 말했다.

"장님아, 우리 둘이 한 식구가 되어 살아가자꾸나. 어떠냐? 좋으냐, 싫으냐? 반려자가 있다는 건 얼마나 포근하고 아기자기한 일이냐!"

눈먼 개가 할아버지의 손바닥 한가운데를 핥았다.

셴 할아버지가 말했다.

"나는 몇 년 못 살아. 내가 죽을 때까지 네가 옆에 있어 준다면 나는 아주 멋지게 가는 셈이 되겠지."

할아버지의 손가락을 핥던 개의 혀가 팔까지 옮겨 갔다. 10리, 20리를 간 것 같았다.

셴 할아버지가 또 말했다.

"장님아, 말해보거라. 우리 옥수수에 싹이 날 것 같으냐?"

개는 더 이상 할아버지의 손을 핥지 않았다. 대신 할아버지를 향해 고개를 끄덕였다. 그러자 셴 할아버지가 또 물었다.

"오늘 밤에 싹이 날 것 같으냐, 아니면 내일이나 모레 날 것 같으냐? 난 졸리니까 고개를 끄덕이진 말거라. 보이지도 않으니까. 목소리가 있으면 말로 해보거라. 오늘 밤에 싹이 날 것 같으냐, 아니면 오늘 밤이 지나서 싹이 날 것 같으냐?"

셴 할아버지는 움막 안에서 두 눈을 감고 있었다. 어둡고 희미한 움막 천장의 그림자가 물에 젖은 얇은 비단처럼 그의 얼굴을 덮고 있었다. 셴 할아버지는 더 이상 개의 등을 어루만지지 않았다. 손이 개의 머리에 멈춘 채 편안하고 조용하게 잠이 들었다.

3

셴 할아버지가 잠에서 깼을 때는 이미 해가 중천에 떠 있었다. 눈꺼풀이 불에 덴 것 같기도 하고 바늘에 찔린 것 같기도 한 통증이 느껴졌다. 그는 일어나 앉아 눈을 비볐다. 여전히 하늘 한가운데 황금빛 동그라미가 떠 있는 것을 바라보며 마음속으로 조상 8대까지 욕을 퍼붓고 나서 말했다.

"언젠가 해에 굴복하지 않은 내 무덤을 보게 될 게야."

셴 할아버지는 눈먼 개가 밭 한가운데 있는 옥수수 줄기 옆에 누워 있는 것을 발견했다. 그가 궁금함을 참지 못하고 물었다.

"싹이 났느냐?"

눈먼 개는 할아버지를 향해 가볍게 고개를 끄덕였다. 셴 할아버지는 움막에서 나와 밭으로 내려가 옥수수 줄기를 살펴보았다. 연한 무 같은 옥수수 줄기 옆구리에 물처럼 청홍색을 띤 작은 싹이 나 있었다. 방금 돋아난 쥐엄나무 싹처럼 길이는 손가락 절반만 했다. 옥수수 싹은 살짝 건드리기만 해도 부러질 듯이 햇빛 아래서 옥처럼 영롱한 빛을 발했다.

셴 할아버지는 나뭇잎을 하나 구해다가 싹을 덮어줘야겠다고 생각하고 벼랑 아래로 내려가 이리저리 둘러보았지만 결국 빈손으로 돌아오고 말았다. 작은 부뚜막 옆에 서 있던 그는 홰나무 몸통에 걸어둔 호미를 꺼내 들고 가서 기다란 곁가지를 하나 꺾어다가 옥수수 싹 위쪽에 가볍게 걸쳐놓았다. 그리고 움막으로 올라가 자신의 적삼을 가져다 그 가지 위에 얹어놓았다. 어린 옥수수 싹을 시원한 그늘로 덮어주려는 것이었다.

셴 할아버지가 말했다.

"더 이상 길고 짧은 걸 따질 때가 아니지."

그러고는 또 눈먼 개에게 말했다.

"장님아, 밥 먹자. 뭘 먹고 싶니?"

그러고는 또 말했다.

"이른 아침이라 뭘 먹어야 좋을지 모르겠구나. 옥수숫

가루로 죽이나 끓여 먹자꾸나. 그 대신 오후에는 아주 맛있는 음식을 만들어줄게."

옥수수잎이 두 장일 때 셴 할아버지는 양식을 구하러 마을로 내려갔었다. 그의 움막에는 곡식이 더 이상 남아 있지 않았다. 셴 할아버지는 큰 마을로 가면 집집마다 항아리 주위에 흘린 밀이 한 줌은 될 것이고, 항아리 안에는 국수 한 다발 정도 남아 있을 거라고 생각했다. 그것이면 눈먼 개와 자신이 이 가뭄의 세월을 넘기는 데 충분할 거라고 생각했다. 하지만 그는 마을로 돌아와서야 집집마다 문이 굳게 잠겨 있는 것을 발견했다. 마을 여기저기에 거미줄만 가득했다. 셴 할아버지는 자기 집에 가보고는 항아리가 깨끗이 비어 있다는 사실을 알았다. 그런데도 그는 항아리를 껴안고 안을 들여다보았다. 손을 집어넣어 바닥을 만져보기도 했다. 다시 손을 꺼낸 셴 할아버지는 손가락 끝을 입으로 가져가 핥아보았다. 순간 밀가루의 새하얀 냄새가 입안에서 녹아 전류처럼 삐리리 온몸을 타고 흘렀다. 그는 숨을 깊이 들이마셨다가 다시 그 냄새를 토해내면서 마을 거리로 나왔다. 비스듬히 비치는 햇빛이 한 겹 그물처럼 마을을 떠다니고 있었다. 죽음 같은 적막 속에 처마에서 똑똑 떨어지는 햇빛 소리를 들을 수 있었다. 셴 할아버지는 생각했다. 산맥의 사람들이 다 떠나고 나만 남아 햇볕에 타 죽지 않으면 굶어 죽을 것이 자명한데 염병할 것들이 집 문을 꼭꼭 처닫은 건 내가 들어가지 못하게 막으려는 건가? 막을수록 더 넘어가고 싶어지는 게 인지상정이지. 그가 중얼거리듯 말했다.

"어느 집에 양식이 남아 있을까? 양식을 남겨두지 않으면 가뭄이 물러간 다음에 집으로 돌아와 뭘 먹겠다는 건가? 양식을 남겨두지 않았다면 문은 왜 잠근단 말인가?"

셴 할아버지는 어느 집 문 앞에 섰다. 성과 본이 자신과 같은 한 조카의 집이었다. 그는 그 집을 지나쳐 어느 늙은 과부의 집 앞에 이르렀다. 이 늙은 과부가 젊었을 때는 매년 겨울에 그에게 바닥이 아주 두꺼운 양털 신발을 지어주곤 했었다. 지금은 늙은 과부가 죽고 그녀의 아들이 이 집에 살고 있었다. 이 집이 가져다준 따스함을 생각할 때마다 셴 할아버지는 그 따스함이 세월처럼 영원히 텅 빈 마음의 집에 남아 있는 것만 같았다. 그는 그 집 대문 위에 한참이나 눈길을 멈췄다가 또 말없이 앞을 향해 나아갔다. 그의 발걸음은 무척이나 적막하면서도 은은했다. 과거에 깊고 푸르른 숲속에서 나무를 베던 소리가 마을에 울려 퍼지는 것 같았다. 집집마다 자물쇠를 채운 대문들이 부서진 배처럼 그의 발길을 지나쳐 갔다. 셴 할아버지는 마침내 마을을 한 바퀴 다 돌았다. 해는 이미 중천에 걸려 있었다. 또 점심밥을 지어야 했다. 그는 속으로 생각했다. 장님이 여기에 있어 왕왕 짖으며 뭐라고 말을 좀 해줬으면 좋았을 텐데. 그러면 녀석이 넘으라고 하는 집 담장을 넘었을 텐데.

센 할아버지가 산등성이를 바라보며 소리쳤다.

"장님아, 장님아. 어느 집 담을 넘어 들어가야 먹을 것을 찾을 수 있겠느냐?"

센 할아버지의 외침에 대답한 것은 끝없이 펼쳐진 적막이었다.

기운이 빠진 센 할아버지는 땅바닥에 주저앉아 담뱃대에 불을 붙여 담배를 한 대 피우고는 다시 빈손으로 바리반의 비탈로 돌아왔다. 눈먼 개가 멀리서 꼬리를 흔들며 할아버지의 목소리를 향해 달려와서는 그의 바지통에 몸을 비벼댔다. 센 할아버지는 눈먼 개를 거들떠보지도 않고 홰나무에 걸린 호미를 집어 들고는 움막에서 그릇을 하나 챙겨 들고 나와 땅을 파기 시작했다. 세 번째 호미질에 센 할아버지는 전에 심었던 옥수수 종자를 몇 알 파냈다. 노랗고 찬란하고 완전무결한 옥수수 종자는 햇볕에 그을어 손바닥을 델 정도로 뜨거웠다. 당초 옥수수를 심었던 간격에 맞춰 호미질을 할 때마다 한두 알씩 옥수수 종자가 나왔다. 산비탈 절반쯤 왔을 때에는 비어 있던 그릇이 옥수수 종자로 가득 채워졌다.

셴 할아버지와 눈먼 개는 이 옥수수를 볶아 한 끼를 해결했다. 개와 함께 움막 안 그늘에 앉아 옥수수 볶음을 먹던 할아버지가 갑자기 소리 없이 웃음을 터뜨렸다. 셴 할아버지가 말했다.

"집집마다 땅에 나를 위한 양식을 숨겨놨어. 내가 하루만 땅을 파헤치면 우리 둘이 사흘은 먹을 수 있을 거야."

하지만 남의 집 땅을 파보니 전혀 쉬운 일이 아니었다. 남들이 파종할 때 어디에 어느 정도의 간격으로 호미질을 했는지 알 수 없었기 때문이다. 당시 여러 집들이 비가 오기 전에 파종을 마치려고 적당히 자란 남녀 아이들에게까지 호미로 구덩이 파는 일을 시켰었다. 아이들이 판 구덩이는 깊이와 땅을 팔 때의 힘의 세기, 씨를 뿌린 간격 등이 전부 셴 할아버지가 한 것처럼 균일하지 않았다. 이전에는 마을에서 파종을 할 때 절대로 아이들에게 호미를 쥐게 하는 일이 없었다. 한재(旱災)*가 모든 걸 엉망진창으로 만들어버렸다.

셴 할아버지는 더 이상 하루 땅을 파헤쳐 사흘 먹을 식

* 가뭄으로 인하여 생기는 재앙.

량을 구할 수 없었다. 그는 땀을 흘려가며 열심히 땅을 파도 운이 아주 좋아야 간신히 이틀 먹을 것을 구할 수 있었고, 운이 좋지 못하면 근근이 하루 먹을 식량만 겨우 구할 수 있었다. 옥수수 줄기는 하루하루 높게 자랐다. 고요한 밤에 옥수수가 자라는 소리는 가늘고 파릇파릇했다. 깊이 잠든 아기의 숨소리 같았다. 그럴 때면 셴 할아버지와 눈먼 개는 옥수수 줄기 옆에 앉아 하루 종일 땅을 파느라 지친 몸을 쉬면서 옥수수의 호흡에 귀를 기울었다. 온몸의 뼈마디가 싸하게 아리면서도 시원한 쾌감이 느껴졌다. 달님도 나왔다. 사랑하는 여인의 얼굴처럼 둥근 달이 드높은 하늘 꼭대기에 걸려 있었다. 별들도 달 주위에서 빛을 발했다. 설날에 새로 지어 입은 옷의 단추가 더없이 넓고 파란 비단에 매듭을 만든 것 같았다. 문득 셴 할아버지는 눈먼 개에게 한 가지 묻고 싶어졌다.

"장님아, 너는 젊었을 때 좋아했던 암캐가 몇 마리나 되느냐?"

개는 막막한 표정으로 할아버지를 바라보았다.

셴 할아버지가 다시 물었다.

"솔직히 말해도 된다, 장님아. 여기에 우리 둘밖에 없지 않으냐. 밤이 깊어 인적도 없고 말이다."

개는 여전히 막막한 얼굴로 할아버지를 바라보았다.

"말하기 싫으면 그만두거라."

션 할아버지는 한숨을 내쉬며 몹시 서글픈 표정으로 담배에 불을 붙인 다음 허공을 향해 말했다.

"젊음이란 게 얼마나 좋으냐. 몸에 힘이 넘치고 밤에는 옆에 여자도 있고 말이야. 아무리 똑똑한 여자라도 남편이 밭에서 돌아오면 물도 떠다 주고 얼굴에 땀이 흐르면 부채질도 해주는 법이지. 눈이 내리는 날에는 이부자리를 따뜻하게 데워주고, 밤잠을 설치고 밭에 나가려 일찍 일어나면 '밤새 몹시 힘들어하던데 좀 더 자지 그래요' 하고 위로를 건네기도 하지."

션 할아버지는 담배를 한 모금 야무지게 빨고는 10리나 되는 긴 강둑 같은 연기를 내뿜고는 눈먼 개의 등을 어루만지며 말했다.

"그런 세월이야말로 신선놀음이라고 할 수 있지."

션 할아버지가 물었다.

"너도 그런 세월을 보낸 적이 있느냐, 장님아?"

눈먼 개는 대답이 없었다.

션 할아버지가 또 말했다.

"말해보거라, 장님아. 남자는 그런 세월을 보내기 위해 이 세상에 태어나는 게 아니겠느냐?"

셴 할아버지는 더 이상 눈먼 개의 대답을 기다리지 않고 질문을 마치자마자 스스로 대답했다.

"내 생각은 아무래도 그런 것 같다."

그러고는 말을 이었다.

"하지만 늙으면 꼭 그렇지도 않지. 늙으면 나무 한 그루, 풀 한 포기를 위해 그리고 한 무더기나 되는 손주들을 위해 살아야 하거든. 그래도 살아 있는 게 죽은 것보다는 나은 법이야."

셴 할아버지는 여기까지 말하고 나서 또 담배를 한 모금 빨았다. 담배 불빛을 통해 옥수수 자라는 소리가 파르스름한 실처럼 그의 귓가를 향해 날아오는 걸 볼 수 있었다. 옥수수 쪽으로 눈길을 돌리면 갑자기 옥수수 싹이 무성해 보였다. 연한 자줏빛과 노란빛이 뒤섞인 줄기 사이에서 새로운 싹이 돋아나고 있었다. 가는 버들피리처럼 돌돌 말린 모습이었다. 이미 아홉 개의 잎이 아주 분명하게 구부러져 자라고 있었다. 셴 할아버지는 땅 위에 서서 호미로 옥수수 밑에 구덩이를 판 다음 눈먼 개와 함께 오줌을 누었다. 그러고는 구덩이에 물을 세 그릇 붓고 흙으로 덮었다. 그런 다음 다시 서너 번 호미질을 해서 옥수수 주위에 나지막하게 흙을 쌓아 올렸다. 갑자기 바람이 세게 불더라도 옥수수의 뿌리 부분이 꺾이는 일이 없도록 하기 위해서였다. 셴 할아버지는 마을로 돌아가 밤새 이집 저집 뒤져 갈대를 엮어 만든 돗자리를 넉 장 구해 왔다. 그러고는 옥수수 주위에 넉 자 정도 간격으로 말뚝을 네 개 박고 갈대 돗자리를 담처럼 말뚝 둘레에 두르며 눈먼 개에게 말했다.

"마을에 가서 끈 좀 구해 오너라. 끈처럼 생긴 거면 무엇이든 다 좋아."

눈먼 개는 뒤뚱뒤뚱 비탈길을 따라 조심스럽게 마을로 내려갔다. 그리고 달이 자리를 옮기고 별들이 드문드문 보일 때가 되어서야 바람에 날려갔다가 셴 할아버지에게 잡혀 갈기갈기 찢긴 밀짚모자를 입에 물고 돌아왔다. 셴 할아버지는 밀짚모자 끈으로 돗자리를 말뚝에 묶었다. 끈이 부족하자 그는 자신의 검정 바지 끈을 풀었다. 생계를 위한 모든 준비를 마쳤을 때는 동쪽이 이미 어두워져 흰빛이 부족했다.

황혼 속에서 보니 갈대 돗자리 울타리는 농가 앞에 마련된 작은 채마밭 같았다. 채마밭 안의 저 외로운 옥수수는 깃대처럼 한가운데 서서 부유하고 고귀한 삶을 살고 있었다. 물과 거름을 충분히 누렸을 뿐만 아니라 정오가 되면 갈대 돗자리 울타리에 덮개가 씌워져 시원한 그늘도 즐길 수 있었다. 이리하여 옥수수는 신바람이 나서 무럭무럭 자라 일주일쯤 지나자 머리를 울타리 밖으로 내밀기 시작했다.

문제는 햇빛은 그칠 줄 모르는데 우물물이 말라가고 있다는 것이었다. 셴 할아버지는 매일 마을로 돌아가 물을 길어 왔다. 우물에 빈 통을 십여 차례 내려야 길어 올린 물로 통 하나를 채울 수 있었다. 물이 완전히 말라버릴지도 모른다는 두려움이 우물 바닥에서 솟아올라 셴 할아버지의 온몸을 차갑게 적셨다. 마침내 어느 날, 셴 할아버지는 빈 물통을 내렸지만 몇 길이나 되는 긴 줄을 다 내리고서야 간신히 물 한 그릇을 퍼 올릴 수 있었다. 우물 옆에서 한참을 기다려야 또 그릇 하나 분량의 물이 우물 바닥에 고였다.

우물이 말라버렸다. 마지막 남은 나뭇잎 하나가 떨어진 것 같았다.

셴 할아버지는 한 가지 방법을 생각해냈다. 날이 어두워지기 전에 요를 줄에 묶어 우물 속으로 집어넣어 하룻밤 내내 물을 빨아들이게 한 다음 아침에 끌어 올리는 것이었다. 그렇게 하면 물통 절반을 얼추 채울 수 있었다. 그런 다음 요를 다시 우물 안에 집어넣어 물을 빨아들이게 해놓고 산비탈로 돌아왔다. 설거지한 물과 얼굴을 닦은 물, 옷을 빨 때 여러 번 반복 사용하지 않은 물을 전부 가져다 옥수수에 뿌릴 수 있었다. 이렇게 하면 물 부족을 어느 정도 해소할 수 있을 것 같았다. 요에서 한 줄기 또 한 줄기 물을 짜내 통을 채우는 동안 차가운 수증기가 뜨거운 햇볕 사이로 피어올랐다. 셴 할아버지는 햇볕과 싸움이라도 하듯 열심히 그 수증기를 빨아들이며 말했다.

"내 나이 일흔하고도 둘이야. 겪어보지 못한 일이 뭐가 있겠느냐. 우물이 마른다고 내가 쓰러질 줄 알아? 땅속에 물이 있기만 하면 내가 어떻게든 퍼 올리고 말 거야. 해가 아무리 질기다 해도 물을 다 말려버릴 수는 없겠지."

이처럼 셴 할아버지는 언제나 승자였다.

하루는 셴 할아버지가 조카 밭에서 아침부터 저녁까지 땅을 팠다. 하지만 파낸 옥수수 종자는 반 그릇도 채 되지 않았다. 다음 날 다른 집 땅을 파보았지만 옥수수 종자를 반 그릇도 구하지 못했다. 사흘이라는 시간 동안 셴 할아버지와 눈먼 개는 하루에 세끼 먹던 것을 두 끼로 줄였고 걸쭉한 죽에 물을 더 타서 멀건 죽으로 만들어 먹었다. 셴 할아버지는 사정이 심각하다는 것을 깨달았다. 애당초 집집마다 경쟁하듯 밭에 옥수수씨를 심었는데 싹이 나지 않았으니 전부 갈색토 속에 묻혀 있어야 했다. 어찌 된 영문인지 알 수가 없었다. 눈먼 개의 늑골이 털 사이로 드러난 것을 보고서 셴 할아버지는 가슴이 서늘해졌다. 그는 자신의 얼굴 살을 잡아당겨

보았다. 피부가 얼굴에서 반 자 정도 들어 올려졌다. 얼굴 피부는 해골을 싸고 있는 보자기 같았다. 셴 할아버지는 몸에서 힘이 빠지는 것을 느꼈다. 물에 젖은 요를 우물에서 끌어 올리려면 끝없이 쉬어야 할 것 같았다. 셴 할아버지는 생각했다. 이렇게 굶어 죽을 수는 없지.

셴 할아버지가 말했다.

"장님아, 아무래도 어쩔 수 없이 남의 집 담을 넘어야 할 것 같구나."

셴 할아버지가 또 말했다.

"그냥 빌리는 셈 치지, 뭐. 비가 한차례 내리고 한재가 지나가면 내년 수확에서 떼어 갚으면 돼."

셴 할아버지는 자루를 하나 들고 비틀비틀 마을로 돌아갔다. 눈먼 개가 그 뒤를 따랐다. 가는 길 내내 아무 말도 하지 않았다. 셴 할아버지는 엄지발가락을 구부려 발바닥이 땅에서 최대한 떨어지게 하고 걸었다. 그래야만 불처럼 달궈진 땅의 열기를 간신히 피할 수 있었다. 눈먼 개는 몇 걸음 걸을 때마다 발을 들어 앞발 바닥을 혀로 핥았다. 8리 반밖에 안 되는 길을 할아버지와 개는 1년은 걸은 것 같았다. 마을 어귀에 있는 소 외양간에 이르자 셴 할아버지는 얼른 담장 아래 그늘로 들어가 신발을 벗고 손으로 끊임없이 발을 주물렸다.

눈먼 개도 재빨리 그늘로 들어가 혀를 쭉 빼고 몇 번 숨을 고른 다음, 어느 집 담장 밑에 가서 다리를 들고 오줌을 몇 방울 누었다.

셴 할아버지가 말했다.

"우선 그 집의 양식을 좀 빌리도록 하자."

셴 할아버지는 자루에서 도끼를 꺼내 대문에 채워진 자물쇠를 부쉈다. 문을 밀고 안으로 들어간 그는 곧장 본채 앞으로 가서 그곳의 자물쇠도 부숴버렸다. 집 안으로 한 걸음 들어서자 회색 먼지가 두껍게 한 겹 앉아 있는 탁자와 여기저기 마구 엉켜 있는 거미줄이 눈에 먼저 들어왔다. 거미줄 아래 먼지가 내려앉은 탁자에는 위패 하나와 부유해 보이는 노인의 초상이 세워져 있었다. 마고자를 입고 있는 것 같았다. 칼날처럼 날카로운 두 눈빛이 먼지를 뚫고 나와 셴 할아버지의 몸 위로 떨어졌다. 그는 깜짝 놀라 움직임을 멈췄다.

4

알고 보니 이 집은 원로 보장(堡長)*의 집이었다. 보장은 3년 전에 세상을 떠났지만 눈빛은 아직도 생기가 넘치고 매서웠다. 장님아, 너는 정말 장님이로구나. 셴 할아버지는 속으로 생각했다. 넌 어째서 오줌을 보장네 집 문 앞에 눈 게냐? 그는 도끼를 문틀에 내려놓고 꿇어앉아 보장을 향해 고두(叩頭)**의 절을 세 번 올린 다음 다시 허리를 구부려 큰절을 세 번 하고서 말했다.

"보장님, 바러우산맥 반경 수백 리 안에 천 년에 한 번

---

* 보(堡)는 작은 성벽이 있는 소규모 도시나 시골 마을을 지칭한다.
** 머리가 바닥에 닿도록 몸을 완전히 숙여 머리로 바닥을 세 번 찧는 예법.

찾아올까 말까 한 한재가 덮쳐 남녀노소 모두 고향을 떠났습니다. 마을 전체, 세상 전체를 통틀어 저와 이 눈먼 개 한 마리만 남아서 마을을 지키고 있습니다. 우리는 이미 사흘째 제대로 끼니를 때우지 못했습니다. 그래서 오늘 먼저 보장님 댁의 비축된 식량을 좀 빌려 갈까 합니다. 내년에 꼭 근량을 후하게 쳐서 갚아드리겠습니다."

그러고는 또 말했다.

"보장님, 보장님은 보장님의 일이나 잘 돌보도록 하세요. 이렇게 가문 세월에 집집마다 식량을 어디에 감춰두었는지는 제가 잘 아니까요."

말을 마친 셴 할아버지는 바닥에서 일어나 무릎에 묻은 흙을 털어내고는 양곡 자루를 들고 동쪽 곁채로 가서 항아리와 단지들을 뒤지기 시작했다. 말할 것도 없이 단지와 항아리들은 전부 철저히 비어 있었다. 하지만 셴 할아버지는 실망하지 않았다. 그는 어느 집이든 먹을 것을 눈에 뻔히 보이는 곳에 감춰두지 않는다는 것을 잘 알고 있었다. 침대 밑을 뒤져봐야 했다. 셴 할아버지는 창틀을 넘어 들어오는 햇빛에 의지하여 동쪽 곁채의 침대 밑을 특별히 세심하게 살펴보았다. 하지만 이 해에 피난 간 사람들 중에 도적이 먹을 양식을 남겨두고 간 사람이 어디 있겠는가? 셴 할아버지는 생각했다. 나 같으면 양곡을 침대 밑에 감춰뒀을 거야. 하지만 보장네 집 침대 밑에는 하얀 소금이 담긴 청자 요강 외에는 아무것도 없었다. 요강은 먼지 앉은 흔적도 없이 깨끗하기만 했다. 셴 할아버지는 빈 단지와 항아리를 흔들어보고 탁자 밑과 찬장 안팎을 샅샅이 뒤졌다. 세 칸짜리 집에서 우당탕 소리가 그치지 않았다. 이렇게 오랜 시간 몸부림을 치고 나니 그의 몸과 얼굴에는 거미줄이 가득했고 천지에 먼지가 자욱했지만 양곡은 한 톨도 찾지 못했다.

셴 할아버지는 동쪽 곁채에서 나와 손에 묻은 먼지를 털며 말했다.

"보장님, 보장님이 살아 계실 때 제가 보장님께 면목 없는 짓을 하지도 않았고, 제가 생일이 보름이나 빠른데도 평생 보장님을 형님이라고 불러드렸는데 집 안 어디에 곡식을 감춰두었는지 제게 말해주지 않는단 말인가요? 반나절이나 집 안을 뒤졌더니 힘이 다한 것 같습니다. 보장님 댁이 아니면 어디 가서도 먹을 걸 빌릴 수 없을 것 같습니다."

물론 보장은 대답이 없었다.

셴 할아버지는 대답 없는 보장에게 화가 나서 그를 잠시 째려보고는 다시 입을 열었다.

"정말 너무하시네요. 세 번이나 고두의 예를 올린 것이 헛수고였네요."

셴 할아버지는 문 앞에 엎드려 있던 눈먼 개의 얼굴을 어루만지며 말했다.

"가자, 장님아. 나는 달이 떨어지면 별들도 보이지 않는다는 말을 믿고 싶지 않구나."

셴 할아버지는 보장네 집 대문을 원래 모습대로 닫아놓고 망가진 자물쇠를 문에 걸어두었다. 그런 다음 한집 한집 돌아다니며, 일곱 집에 들어가 열 몇 개나 되는 자물쇠를 부수고 양곡 단지와 항아리를 샅샅이 뒤졌다. 찬장 안팎도 뒤지고 침대 밑과 탁자 밑도 뒤졌다. 집집마다 머리카락처럼 세밀하게 뒤졌지만 끝내 양곡은 한 톨도 찾지 못했다. 일곱 번째 집에서 나오며 셴 할아버지는 사료 무게를 재는 저울과 말채찍을 챙겨 나왔다. 커다란 마차를 소유한 부잣집으로 셴 할아버지가 이 집에서 마차를 몰았었다. 마을 거리 한복판에서 한참을 멍하니 서 있던 그는 저울을 길가에 내려놓고 말채찍을 땅바닥에 휘두르며 소리 질렀다.

"내게 저울이 있으면 뭐 하나? 식량을 구하면 저울로 잘 달아두었다가 내년에 그 수량대로 갚아줄 작정이었는데, 식량이 어디에 있단 말인가? 채찍은 또 뭐에 쓴단 말인가?"

채찍으로 몸을 지킬 수는 있었다. 셴 할아버지는 일찍

이 채찍으로 늑대 한 마리를 때려죽인 적이 있었다. 하지만 산과 들판의 동물들이 전부 도망쳐버리고 토끼 한 마리 남아 있지 않은 터에 이런 채찍은 폐물이나 다름없었다. 집집마다 나무 대문이 햇볕에 뒤틀려 이전보다 많이 벌어져 있었다. 셴 할아버지는 하늘을 향해 눈을 흘겼다. 해가 이미 중천에 뜬 것을 보니 점심때가 되었지만 음식 냄새라고는 한 가닥도 맡을 수 없었다. 마음속으로 끝없이 허탈감이 밀려왔다. 셴 할아버지는 눈먼 개에게 마을 거리에 얌전히 앉아 있으라고 말했다.

"여기서 기다려라. 너는 두 눈이 보이지 않기 때문에 어느 집에 가도 양식이 어디에 감춰져 있는지 볼 수 없을 게다."

셴 할아버지는 혼자 또 다른 골목으로 들어갔다. 부유한 집만 골라서 자물쇠를 부수고 들어가보았지만 손에 든 양곡 자루는 여전히 텅 비어 있었다. 그 골목에서 돌아올 때 햇빛이 셴 할아버지의 얼굴을 청백색으로 비췄다. 얼굴 위에 자줏빛 반점이 반짝거렸고, 어두운 기운이 얼굴에 가득한 홈을 타고 진하게 흘러내렸다. 그의 손에는 소금 단지 하나가 들려 있었다. 소금 단지 안에는 소금이 반 줌 정도 들어 있었다. 셴 할아버지는 소금 한 알갱이를 입에 머금고는 눈먼 개에게 다가가 개의 입에도 한 알갱이를 넣어주었다.

눈먼 개가 보이지 않는 눈으로 할아버지에게 물었다.

"설마 양곡을 한 톨도 찾지 못하신 건가요?"

셴 할아버지는 대답을 하지 않고 갑자기 땅바닥에 널브러져 있던 채찍을 집어 들고는 길 한가운데 서서 해를 향해 마구 휘두르기 시작했다. 가늘고 질긴 소가죽 채찍이 허공에서 뱀처럼 구부러졌다 펴지기를 반복하더니 채찍 끝이 파랗고 하얀 소리를 내며 벼락이 내리치듯 햇빛 전체를 후려쳤다. 햇빛이 배꽃처럼 부서져 흩날리면서 땅바닥에 빛의 조각들이 화려하게 흩어졌다. 설을 쇨 때처럼 볜파오(鞭炮)* 소리가 마을 전체에 가득 울려 퍼지는 것 같았다. 셴 할아버지는 땀방울을 뚝뚝 흘리면서도 완전히 지칠 때까지 채찍질을 멈추지 않았다.

눈먼 개는 멍한 표정으로 할아버지 앞에 서 있었다. 눈두덩이 촉촉하게 젖었다.

셴 할아버지가 말했다.

"장님아, 두려워하지 말거라. 앞으로 내게 먹을 게 한 그릇 있으면 네게도 반 그릇이 있을 게다. 내가 굶어 죽는 일은 있어도 네가 굶어 죽는 일은 없을 게야."

---

* 한 꿰미에 죽 꿴 연발 폭죽으로 주로 설이나 혼례 등 축하 행사 때 터뜨린다.

눈먼 개의 눈에서 눈물이 솟구쳤다. 눈물방울이 쿵 하고 떨어져 땅바닥에 콩알만 한 구멍 두 개를 만들었다.

"가자."

셴 할아버지가 소금 단지를 집어 들고, 이어서 채찍과 저울까지 챙기며 말했다.

"다시 비탈로 돌아가서 땅을 파보자꾸나."

하지만 두 걸음도 채 못 가서 셴 할아버지의 발이 땅바닥에 박혀버렸다. 마을 밖에서 안으로 들어오는 쥐 떼를 발견한 것이다. 쥐들은 풍년을 맞은 것처럼 하나같이 토실토실하게 살찐 모습으로 마을 어귀 담벼락 아래에서 시커멓고 불안한 눈빛을 반짝이며 마을 안을 바라보다가 셴 할아버지와 눈먼 개에게로 눈길을 모았다. 순간, 셴 할아버지의 머릿속에 와르르하고 커다란 구멍이 뚫렸다.

셴 할아버지가 갑자기 피식하고 웃었다. 마을 사람들이 피난을 떠난 뒤로 그의 입에서 처음 나온 웃음소리였다. 컥컥 이어진 웃음소리는 약한 불에 콩을 볶는 소리 같기도 하고 쉰 목소리 같기도 했다. 셴 할아버지가 말했다.

"하늘이 굶어 죽고 땅이 굶어 죽은 뒤에야 이 셴 영감도 굶어 죽게 될 게야."

셴 할아버지가 눈먼 개를 데리고 놀라서 멍하니 걸음

을 멈춘 쥐 떼를 향해 나아가면서 말했다.

"장님아, 양곡이 어디에 감춰져 있는지 알겠느냐? 나는 알 것 같다. 이 셴 영감은 알 것 같구나."

그날 밤, 셴 할아버지는 산비탈에서 쥐구멍 세 군데를 파헤쳐 옥수수 알갱이 한 되를 얻었다. 그는 초저녁에 움막에서 옅은 잠을 잤다. 한밤중이 되어 달이 뜨고 별들이 숨어버려 땅이 환하게 밝아지자 눈먼 개에게 갈대 돗자리로 둘러싼 옥수수를 지키게 하고 자신은 종자를 캐내지 못했던 땅 한가운데로 가서 자리를 잡고 앉았다. 그러고는 호흡을 멈추고 미동도 하지 않았다. 정적이 반시간쯤 지속된 뒤에야 셴 할아버지는 쥐들이 찍찍대는 소리를 들을 수 있었다. 즐거움이 넘치는 소란이 아니라 서로 먹을 것을 놓고 다투는 소리였다. 귀를 땅에 좀 더 가까이 대보니 쥐들이 날카롭게 우짖는 방향을 정확히 알 수 있었다. 그 자리에 막대기를 꽂아 표시해놓고 움막으로 돌아온 셴 할아버지는 호미를 들고 가서 막대기 주위를 석 자 정도 너비로 파냈다. 한 자 깊이로 파 들어가자 쥐 소굴이 나타났다. 과연 쥐구멍 안에서 반 그릇쯤 되는 옥수수 종자를 구할 수 있었다. 쥐똥이 묻은 것까지 한 알도 남기지 않고 그릇에 담은 셴 할아버지는 한 번도 파보지 않은 또 다른 지점으로 자리를 옮겨 쥐들을 공격하기 시작했다.

아주 긴 시간을 셴 할아버지는 무척 바쁘고 충실하게 보냈다. 아침 일찍 일어난 그는 마을로 가서 우물 속의 젖은 요를 끌어 올린 다음, 다시 움막으로 돌아와 아침을 먹고 쥐똥을 골라낸 양곡을 그릇에 담았다. 그릇이 가득 차면 옥수수 옆에 잘 갈무리해두었다.

점심을 먹고 나면 꼭 낮잠을 자야 했다. 움막 위로 쏟아지는 햇볕이 매서웠지만 다행히 땅 위로 솟아오르는 열기는 없었다. 때로는 미지근한 바람도 불어와 낮잠을 아주 달게 잘 수 있었다. 셴 할아버지는 해가 서산을 붉게 물들일 즈음 잠에서 깨어 마을로 내려가 물을 반통쯤 채워 어둑어둑해질 때가 되어서야 간신히 비탈로 돌아왔다. 저녁 식사를 마치면 눈먼 개와 함께 옥수수 옆에 앉아 음산한 적막 속에서 더위를 식혔다. 셴 할아버지는 눈먼 개와 옥수수에게 자신에게 가장 자주 떠오르는 질문을 던졌다. 어째서 농작물은 한잎 한잎 성장하는가 하는 것이었다. 그러나 눈먼 개와 옥수수는 이 물음에 입을 굳게 다물고 대답하지 못했다. 그럴 때면 셴 할아버지는 담뱃대에 불을 붙여 아주 길게 한 모금 빨고 나서 말했다.

“차라리 내가 너희에게 말해주는 게 낫겠군. 농작물은

농작물이기 때문에 한잎 한잎 자라고 나무는 나무이기 때문에 두 잎씩 자라는 거야."

때때로 바람이 소슬하게 불어오는 밤이면 셴 할아버지는 눈먼 개와 옥수수에게 좀 더 심오한 질문을 던졌다.

"너희들, 알아? 보장님이 살아 계실 때 마을에 학문하는 사람이 하나 찾아왔었어. 그는 이 지구가 빙빙 돌고 있다고 말하더군. 한 바퀴를 돌면 하루가 지나가는 거라나. 너희들 생각은 어떠냐? 학문을 한다는 이 사람이 헛소리하고 있는 게 아니겠냐? 지구가 빙빙 돌고 있다면 어째서 우리가 침대에서 자다가 떨어지지 않는단 말이냐? 어째서 항아리 안에 담긴 물이 쏟아지지 않고 우물 안의 물이 흘러내리지 않는단 말이냐? 또 사람은 왜 항상 하늘을 쳐다보며 길을 걷는단 말이냐?"

셴 할아버지가 또 말했다.

"그 사람 말대로라면 지구가 우리를 빨아들여야 자다가 침대에서 떨어지지 않을 수 있지. 하지만 너희도 생각해봐라. 지구가 우리를 빨아들이는 거라면 어떻게 우리가 길을 걸을 때 발을 들어 올릴 수 있겠느냐?"

셴 할아버지는 눈먼 개에게 깊이를 알 수 없는 검은 구멍처럼 모호하지만 진지한 질문들을 끝없이 던졌다. 담론을 이어가는 셴 할아버지의 얼굴에 아주 신성하고 엄숙한 표정이 가득했다. 손에서 타고 있는 담배를 빨아들일 생각도 하지 않았다. 결국 온갖 의문의 진상이 강물이 말라 바위가 드러나듯 눈면 개와 옥수수 앞에 전부 나열되었다. 그러고 나서 셴 할아버지는 후회스럽다는 듯이 밭에 누워 얼굴을 하늘과 나란히 했다. 달빛이 그의 얼굴을 씻어주었다. 셴 할아버지가 말했다.

"내가 그 지식인의 체면을 너무 세워주었어. 그가 마을에 사흘을 묵었는데도 찾아가 따져 묻지 않았으니까 말이야. 나는 그가 마을 사람들이 전부 지켜보는 가운데 대답을 못해 망신당하는 게 두려웠어. 그는 학문에 의지해서 먹고사는 사람이었거든. 그의 밥그릇을 깨버릴 수가 없었던 거지."

옥수수는 순풍에 돛 단 듯 무럭무럭 자랐다. 손바닥만큼이나 넓은 잎이 한겹 한겹 갈대 돗자리 울타리 밖까지 뻗어갔다. 벌써 울타리보다 머리 두 개는 더 컸다. 한밤중에 성장하는 소리도 거대한 소음으로 변했다. 조금만 더 지나면 키가 만리장성만 해질 것 같았다. 셴 할아버지는 옥수수가 편하게 성장할 수 있도록 갈대 돗자리 한쪽을 잘라냈다. 이레 전에 갈대 돗자리 울타리 안에 들어가 키를 비교해봤을 때는 옥수수가 그의 목까지 왔고 이틀 뒤에는 이마 앞까지 왔었다. 그리고 지금 다시 비교해보니 옥수수의 키가 그의 머리칼을 넘어섰다. 셴 할아버지는 생각했다. 보름만 더 지나면 키가 다 자랄 것이고, 다시 보름이 지나면 열매가 맺히기 시작할 것이다. 석 달이 지나면 옥수수가 완전히 여물 것이다.

셴 할아버지는 이 황무하고 인적 없는 산맥에 옥수수 종자를 파종하는 풍경을 상상했다. 수확한 옥수수 가운데 한 그릇 정도를 종자로 남겼다가 가뭄이 물러가고 비가 내려 세상 밖으로 나갔던 마을 사람들이 돌아오면 계절에 계절을 이어가며 옥수수씨를 뿌려 이 산맥이 또다시 왕성하게 성장한 옥수수의 푸른 세계로 변하는 모습을 상상했다. 그렇게 되면 자신이 죽은 뒤에 마을 사람들이 무덤 앞에 공덕비를 세워줄 것이라는 생각이 들었다.

셴 할아버지가 중얼거리듯 말했다.

"난 정말 공덕이 무량한 사람이야."

셴 할아버지는 편안하게 꿈길 속으로 들어섰다. 이렇게 꿈을 꾸고 난 사람처럼 말하면서도, 어쩌면 실제로는 여전히 꿈속에 있었는지도 몰랐다. 하지만 그의 몸은 움막에서 일어나 방금 호미질한 옥수수 곁으로 가서 정성스럽게 땅을 다졌다. 고요한 밤의 호미질 소리는 단조로우면서도 맑았다. 민가

(民歌)를 독주하는 음악 소리처럼 산맥을 타고 천천히 아주 멀리까지 퍼져나갔다. 호미질을 마친 셴 할아버지는 다시 돌아가 자지 않고 호미를 들고 다른 곳으로 가서 숨을 죽이고 쥐구멍 속의 옥수수 종자를 찾았다. 다음 날 잠에서 깼을 때는 비어 있던 그릇 안에 옥수수 종자와 쥐똥이 잔뜩 들어 있었다. 셴 할아버지는 그릇 옆에 한참을 멍하니 서 있었다. 움막 기둥에 매달아놓은 양곡 자루가 옥수수로 절반 정도 채워지자 지난날의 걱정은 흔적도 없이 사라졌다.

사흘 전 정오 무렵 셴 할아버지가 잠자고 있을 때 눈먼 개가 갑자기 킁킁거리며 움막에 있는 할아버지를 깨웠다. 할아버지의 적삼 자락을 물어 잡아당기면서 그를 수십 발짝 떨어진 곳에 있는 밭 한구석으로 이끌었다. 셴 할아버지가 따라가보니 그곳에는 쥐구멍이 하나 있고, 그 안에는 옥수수 종자가 가득 들어 있었다. 파낸 옥수수 종자를 가지고 돌아와 저울에 달았더니 넉 냥 반이나 됐다. 알고 보니 눈먼 개도 쥐구멍을 찾을 수 있었다. 눈먼 개는 밭에 나가면 머리에 보자기를 뒤집어쓴 것과 마찬가지지만 코로 땅 냄새를 맡을 수 있었고, 쥐구멍이 있는 곳을 찾으면 허공을 향해 신나게 짖어댔다.

양곡 자루는 아주 빠르게 채워졌다. 셴 할아버지는 더

이상 한밤중에 땅에 머리를 대고 숨죽일 필요가 없었다. 눈먼 개를 데리고 밭으로 가면 땅속에 있는 쥐구멍들이 셴 할아버지의 호미질에 하나도 남김없이 다 드러났다. 절반 정도의 쥐구멍에는 옥수수 종자가 없었지만 어쨌든 양곡에 여유가 생겼다. 양곡 자루는 며칠 만에 주둥이까지 가득 차올랐다. 하지만 셴 할아버지는 먹을 것 걱정 없이 편한 밤들을 보내면서도 산맥의 쥐구멍들을 빨리 파헤쳐야 한다는 사실은 깨닫지 못했다. 그는 쥐들이 옥수수를 심은 자리에서 옥수수 알갱이를 파내 먹어치우기만 하는 것이 아니라 소굴을 옮기고 있다는 사실을 알지 못했다. 눈먼 개가 짖는 소리와 셴 할아버지의 호미 소리에 놀라 잠이 깬 쥐들은 할아버지와 시합이라도 벌이듯 자신들의 비축 식량을 소비했다.

그러던 어느 날, 해가 여느 때보다 몇 배는 더 땅에 가까워지고 산맥 전체의 땅이 불타는 철판으로 변했을 때, 셴 할아버지는 잠을 이루지 못하고 양곡을 저울에 달아보았다. 막대 저울을 가지고 응달에서 쟀을 때는 한 냥이던 것이 양달에서 재니 한 냥 2전(錢)으로 늘어났다. 놀라움을 금치 못하며 의혹을 떨칠 수 없었던 그는 저울을 햇빛이 더 센 비탈로 가져가 재보았다. 이번에는 한 냥 2전 반이 되었다.

알고 보니 햇빛이 작열할 때는 저울판의 근량이 더 늘

어났던 것이다. 셴 할아버지가 산등성이로 달려가 저울을 달아봤더니 한 냥 3전 1푼이었다. 조금만 더 늘어나면 한 냥 반까지도 될 수 있을 것 같았다. 햇빛의 무게가 3전 1푼이나 나가는 것이었다. 셴 할아버지는 연이어 네 군데 산등성이를 내달렸다. 산등성이는 갈수록 높아졌다. 가장 높은 산등성이의 햇빛은 5전 하고도 3푼이나 나갔다.

이때부터 셴 할아버지는 끊임없이 햇빛의 무게를 쟀다. 아침에 해가 뜰 때 움막 주위의 햇빛은 2전이었지만 정오가 되면 4전을 넘었다가 저녁때가 되면 다시 2전으로 돌아왔다. 셴 할아버지는 밥그릇의 무게도 재보고 물통의 무게도 재보았다. 한번은 눈먼 개의 귀를 재다가 개가 움직이는 바람에 저울 막대가 할아버지의 얼굴을 때리자 그는 개의 머리를 아주 매섭게 후려쳤다.

셴 할아버지가 양곡 자루에 담긴 양곡을 그릇에 담아 재봐야겠다는 생각을 한 것은 햇빛을 재기 시작한 지 나흘이나 더 지난 뒤의 일이었다. 자루 안의 옥수수도 상당 부분 먹어치운 터였다. 한 그릇 또 한 그릇의 무게를 재서 한데 합산해나가던 셴 할아버지는 갑자기 정신이 아득해졌다. 남아 있는 양식이 기껏해야 자신과 눈먼 개가 보름 정도 먹을 수 있는 분량에 불과했기 때문이다. 이때 셴 할아버지는 자신과 눈먼 개가 아주 여러 날 밭에 나가지도 않고 쥐구멍을 찾지 않았다는 사실을 깨달았다.

하지만 뜻밖에도 때가 이미 늦고 말았다. 며칠 사이에 쥐들에게 어떤 지령이 내려졌는지 자신들의 소굴 안에 비축해놓았던 양식을 전부 먹어치웠다. 셴 할아버지는 오후 내내 눈먼 개와 함께 일곱 군데의 비탈을 뒤지며 서른한 군데의 쥐구멍을 파헤쳤다. 뼈가 다 으스러진 것처럼 몸이 파김치가 되었지만 겨우 옥수수 종자 여덟 냥을 파내는 데 그쳤다. 해가 질 무렵 서산에서 핏빛 잔광이 밀려와 활활 타는 불처럼 산등성이에 내려앉았다. 하루 종일 잎을 말고 있던 옥수수가 긴 한숨을 내쉬며 천천히 몸을 펼쳤다. 셴 할아버지는 쥐똥이 섞인 옥수수 종자 반 그릇을 들고 서서 이 산맥에 사는 쥐들이 자신과 눈먼 개를 상대로 양식 쟁탈 투쟁을 벌이기 시작했다는 사실을 실감했다.

또 생각했다. 쥐들이 식량을 전부 어디로 옮겼을까?

셴 할아버지는 생각했다. 너희가 아무리 똑똑하고 민첩하다 해도 이 셴 영감을 당해내진 못할 거야.

그날 밤 셴 할아버지와 눈먼 개는 더 멀리 있는 밭으로 가서 쥐들의 소리를 엿들었다. 밤새 세 군데 밭을 뒤졌지만 귓속은 여전히 밝고 하얗기만 했다. 쥐들이 찍찍대는 소리가 들리지 않았다. 동쪽 하늘이 훤히 밝아올 무렵, 셴 할아버지와 눈먼 개는 빈손으로 움막으로 돌아왔다.

셴 할아버지가 눈먼 개에게 물었다.

"쥐들이 다 어디로 이사한 거지? 어디로 옮겨 갔을까? 녀석들이 옮겨 간 곳에 양식이 있을 게다. 우리는 무슨 일이 있어도 쥐들을 찾아내야 해."

햇빛이 눈먼 개의 말라버린 눈 위에서 생경하게, 그리고 절망적으로 빛났다. 눈먼 개는 얼른 고개를 돌려 햇빛을 등졌다. 할아버지의 말도 듣지 못했다.

셴 할아버지가 물었다.

"쥐들이 어딘가에 숨어서 우리와 대치하고 있는 게 아닐까?"

눈먼 개의 발소리가 멈췄다. 이리저리 고개를 돌리면서 할아버지의 발소리를 찾고 있었다.

움막으로 돌아온 셴 할아버지는 어린아이 손가락 굵기만큼 자란 옥수수를 살펴보았다. 마을에 가서 우물 속에서 젖은 요를 끌어내 물을 짜서 가져와야 했다. 물을 두 통 받아오려면 눈먼 개와 함께 가야 하지만 개는 움막 기둥 아래서 꼼짝도 하지 않았다. 셴 할아버지가 말했다.

"가자, 이놈아. 마을에 가서 쥐들이 전부 어느 집에 모여 있는지 찾아내야 하잖아. 그래야 양곡을 구할 수 있단 말이다."

그제야 눈먼 개는 할아버지를 따라 마을로 내려갔다. 마을로 간 셴 할아버지와 눈먼 개는 우물에서 물을 마시다가 빠져 죽은 쥐 두 마리를 건져낸 것 외에는 마을 골목을 다 뒤지고도 다른 쥐는 한 마리도 찾지 못했다. 셴 할아버지가 물을 반 통 챙겨 바리반의 비탈로 돌아와보니 모든 것이 엉망진창으로 뒤집혀 있었다.

셴 할아버지와 눈먼 개가 움막에서 1리 남짓 되는 지점까지 왔을 때 갑자기 개가 몹시 불안한 표정을 보이더니 푸른빛과 자줏빛이 뒤섞인 울음소리를 토해내기 시작했다. 울음소리마다 피비린내가 담겨 있었다. 셴 할아버지는 걸음을 재촉했다. 산등성이에 올라 산비탈이 눈앞에 펼쳐지는 순간 개는 더 이상 짖지 않았다. 대신 녀석은 화살처럼 미친 듯이 움막을 향해 내달렸다. 앞발로 몇 번 절벽에 가까운 땅을 디뎠지만 아슬아슬하게 떨어지는 것은 피했다. 녀석의 거친 발소리에 딱딱하게 굳어 있던 땅 위의 햇빛이 유리병 깨지듯 갈라지며 지지직 타오르는 소리가 났다. 녀석의 몸이 위아래로 요동칠 때마다 날카롭고 강렬한 울음이 핏빛처럼 들판에 뿌려졌다. 이때, 셴 할아버지의 눈빛은 기복하면서 거칠게 움

직이는 눈먼 개의 몸을 따라가다가 갑자기 몹시 놀란 표정을
짓더니 쿵 하고 그 자리에 멈춰 섰다.

5

셴 할아버지는 밭머리에 서 있었다. 처음에는 개 울음소리의 틈새에서 가는 비처럼 사각거리는 쥐들의 울음소리를 들었다. 다시 밭 한가운데 있는 움막으로 눈길을 돌리자, 움막 기둥에 매어두었던 양곡 자루가 바닥에 떨어져 있고 옥수수 알갱이들이 어지럽게 흩어져 딱딱해진 땅바닥 위를 마구 굴러다니고 있는 광경이 눈에 들어왔다. 거대한 회색 쥐 떼였다. 300마리, 500마리, 아니 1000마리가 넘는 쥐 떼가 움막 아래서 서로 옥수수 알갱이를 차지하려고 다투고 있었다. 동에서 서로, 서에서 동으로 옥수수 알갱이가 쥐들의 발 사이를 마구 굴러다녔다. 놈들의 입가에는 먹다 남은 옥수숫가

루가 흘러내렸다. 우적우적 옥수수를 씹는 소리와 신바람이
난 쥐들이 웃고 떠드는 소리가 합쳐져 폭포수처럼 산비탈을
가득 메우고 있었다.

셴 할아버지는 몸이 굳어버렸다. 어깨에 지고 온 물 반
통이 다 쏟아져 빈 통만 통통 소리를 내면서 도랑으로 굴러
가 처박혔다. 해는 움막 아래 한 겹으로 뒤엉킨 쥐 떼의 등짝
을 비추며 반짝반짝 청회색 빛을 뿜어댔다. 마른 장작더미가
농염한 연기 속에 거센 불길이 일기 직전의 순간 같았다. 셴
할아버지는 나무처럼 뻣뻣하게 서서 눈먼 개가 쥐 떼를 향해
달려들다가 움막 기둥에 머리를 부딪치는 모습을 목격했다.
허공에 핏방울이 튀어 오르며 땅 위는 순식간에 놀라움과
공포로 뒤덮였다. 눈먼 개와 쥐 떼는 함께 죽음 같은 적막의
혼돈 속에 빠져들고 말았다. 잠시 후 정신을 차린 눈먼 개는
그 자리에서 고개를 돌려 마구 짖어대기 시작했다. 쥐가 어
디에 있는지 보이지 않아 황급히 달려들다가 기둥에 머리를
부딪친 것이었다. 개의 두 눈이 실명한 상태인 것을 알아채지
못한 쥐들은 개의 미친 듯한 분노에 놀라 땅바닥에서 시커멓
게 울어댔다. 온갖 욕설과 저주로 가득한 당혹과 경악의 도
가니였다.

두 달 가까이 적막에 쌓여 있던 산맥이 갑자기 거세게

끓어오르기 시작했다. 셴 할아버지는 쥐 떼 사이로 달려 들어가 가장 덩치가 큰 놈의 등을 밟아버렸다. 한쪽 발밑에서 나는 날카로운 비명 소리를 들으며 다른 한쪽 발이 끓는 기름을 밟은 듯 선혈에 미끄러지는 것을 느꼈다. 셴 할아버지는 곧장 갈대 돗자리 울타리 곁으로 가서 몸을 옆으로 기울여 안으로 들어갔다. 뜻밖에도 목마른 쥐 두 마리가 물처럼 새파란 옥수수 줄기를 갉아 먹고 있었다. 쿵 하고 셴 할아버지가 갈대 돗자리 울타리 안으로 들어오는 소리를 들은 쥐 두 마리는 가볍게 놀란 표정을 짓더니 재빨리 틈새로 도망쳐버렸다. 옥수수 줄기가 햇빛 아래 아직 곧게 서 있는 것을 확인한 셴 할아버지의 높이 매달려 있던 가슴이 털썩 내려앉았다.

몸을 돌려 갈대 돗자리 울타리 밖으로 나간 셴 할아버지는 움막 아래 양곡 자루 안에서 아직도 배를 채우지 못한 시커먼 쥐 몇 마리가 꿈틀대고 있는 것을 발견했다. 그가 갈대 돗자리 위에 얹혀 있던 호미를 집어 들고 양곡 자루를 내리치자 붉은 구슬 같은 핏방울이 햇빛 속으로 날아올랐다. 이어서 자루를 서너 차례 더 내리치자 사방에 온통 쥐 털이 날리고 땅바닥은 흥건하게 핏빛으로 물들었다. 나머지 수십 마리의 쥐들도 놀라서 어지럽게 비명을 지르며 뒤돌아볼 틈도 없이 사방으로 흩어져 눈 깜짝할 사이에 흔적도 없이 사라졌다.

눈먼 개는 더 이상 짖지 않았다.

셴 할아버지는 호미를 들고 선 채 거친 숨을 몰아쉬었다.

햇빛 아래 도처에 붉은 핏빛과 피비린내가 흩어졌다.

바러우산맥은 순식간에 조용해졌다. 예전보다 몇 배는 더 짙은, 죽음 같은 정적이 두껍고 무겁게 내려앉았다. 셴 할아버지는 자신이 자리를 뜨면 수천수만의 쥐들이 근처에 숨어 있다가 또다시 몰려올 것이라고 생각했다. 사방의 산맥이 황금빛으로 빛나는 것을 둘러본 셴 할아버지는 호밋자루를 깔고 앉아 땅바닥의 옥수수 알갱이를 수습하며 말했다.

"장님아, 앞으로 어떻게 했으면 좋겠느냐? 네가 이곳을 지킬 수 있겠느냐?"

눈먼 개는 햇볕에 뜨겁게 달궈진 땅바닥에 엎드려 가늘고 긴 혀를 쭉 내밀고 할아버지와 얼굴을 맞댔다. 셴 할아버지가 말했다.

"물이 없구나. 나와 너 그리고 저 옥수수가 마실 물이 없구나!"

이날 셴 할아버지는 밥을 하지 않았다. 그와 눈먼 개는 그렇게 하루를 굶었다. 밤이 되자 셴 할아버지와 눈먼 개는 갈대 돗자리 옆에서 옥수수를 지켰다. 몇 입만 더 갉아 먹어도 줄기가 꺾어질 수 있기 때문이었다. 하지만 날이 밝을 때까지 쥐들은 감히 다가오지 못했다. 다음 날 정오가 되어 셴 할아버지는 옥수수잎이 햇볕에 말라버린 것을 보고는 빈 물통을 어깨에 멨다.

셴 할아버지가 말했다.

"장님아, 너는 옥수수를 지키도록 해라."

셴 할아버지가 또 말했다.

"응달에 앉아 귀를 땅에 대고 있어라. 그리고 조금이라도 이상한 소리가 나면 소리 나는 곳을 향해 마구 짖어대야 해."

셴 할아버지가 또 말했다.

"나는 가서 물을 떠 올 테니 내 걱정은 하지 말거라."

셴 할아버지가 물 반 통을 어깨에 메고 돌아왔다. 모든 것이 무사하고 평안한 것 같았다. 단지 그가 우물에서 요를 끌어내보니 물을 먹고 배가 불러 죽은 쥐 네 마리가 달라붙어 있었다. 네 마리 모두 털이 곤두서 있고, 털 사이에는 놀랍게도 죽지 않은 이가 바글거렸다.

셴 할아버지는 밥을 든든히 먹고 나서 옥수수 알갱이

를 두 개의 돌 사이에 놓고 갈다가 갑자기 깊은 수심에 잠겼다. 쥐 떼 때문에 한차례 재난을 당하고 나서 옥수수 알갱이가 작은 자루로 반밖에 남지 않았기 때문이다. 셴 할아버지가 저울에 달아봤더니 여섯 근 넉 냥이었다. 하루 세끼에 배를 절반만 채운다 해도 둘이 하루에 한 근은 먹어야 했다. 엿새 뒤에는 어떻게 해야 할지 몰라 막막하기만 했다.

해가 또 서산으로 떨어지려 했다. 서쪽 산등성이가 온통 핏빛으로 물들었다. 셴 할아버지는 그 붉음 속에서 여러 가지 색깔을 발견하고는 양식이 떨어질 날이 결국에는 오고 말 것이라고, 물이 떨어지는 날이 사나흘 안에 찾아올 것이라고 생각했다. 그는 고개를 돌려 머리에 붉은빛을 잔뜩 이고 있는 옥수수를 바라보며 얼마나 더 지나야 이삭이 패고 얼마나 더 지나야 열매가 영그는지 계산해보았다. 갑자기 지나간 세월을 돌이켜보았다. 얼마나 많은 시간이 지났는지 기억이 나지 않았다. 순간 낮과 밤, 새벽, 황혼, 일몰과 월출 등 하루 동안의 시간만 알 뿐, 이날이 몇 월 며칠인지는 전혀 모른다는 것을 깨달았다. 그는 자신의 머릿속이 텅 비어버린 것을 느꼈다. 셴 할아버지가 말했다.

"장님아, 입추가 지났느냐?"

하지만 눈길을 눈먼 개에게 주지는 않았다. 셴 할아버

지는 그렇게 혼자 중얼거리듯 말을 이었다.

"아마 처서가 지났을 거야. 옥수수가 고개를 숙이는 것은 대개 처서 전후거든."

셴 할아버지는 눈을 가늘게 뜨고 약간 파인 돌 표면에 옥수수 알갱이를 비벼 갈았다. 눈먼 개가 땅바닥에 코를 대고 잠시 킁킁거리더니 이틀 전에 죽은 쥐의 사체를 입에 물고는 도랑 쪽으로 가는 모습이 보였다. 눈먼 개는 절벽에서 몇 걸음 떨어진 지점까지 가서 고개를 흔들어 쥐를 도랑 아래로 던졌다.

셴 할아버지는 희미하게 뭔가 잘 썩은 냄새를 맡았다.

눈먼 개가 또 죽은 쥐를 한 마리 물어다 도랑에 던지고 있었다.

만년 달력을 하나 마련해야 할 것 같았다. 만년 달력이 없이는 몇 월 며칠인지 알 수가 없을 것이고 날짜를 정확히 알지 못하면 옥수수가 언제 다 여무는지 알 수 없을 것 같았다. 어쩌면 가을 수확까지 한 달 남짓 남았을지도 몰랐다. 아니면 40일 정도 남았을 수도 있었다. 하지만 이렇게 천리만리 먼 세월까지 매일 무얼 먹고 산단 말인가. 밭에 뿌려진 종자들은 이미 쥐들이 깡그리 먹어치운 터였다.

셴 할아버지는 천천히 고개를 들었다. 저 멀리 서쪽에

서 처참하게 외치는 소리가 들려왔다. 눈길을 가장 먼 데로 돌리자 두 산봉우리 사이를 지나 또 다른 산봉우리가 해를 삼키는 모습이 보였다. 찬란하고 붉은 핏빛 잔광이 산꼭대기에서 산 아래로 흘러내려 천천히 셴 할아버지 바로 옆까지 적셔왔다. 한순간에 세상에 아무런 소리도 존재하지 않았다. 또다시 하루 가운데 죽음에 가장 가까운 적막과 어둠의 순간이 다가왔다. 예전 같으면 바로 이 순간에 움막 안에서 닭이 울고 새들이 집을 찾아 날아갔을 것이다. 세상의 온갖 소리가 비처럼 쏟아져 내렸을 것이다. 하지만 지금 이 순간에는 아무것도 없었다. 가축도 없고 참새도 없었다. 까마귀들마저 큰 가뭄을 피해 날아가버렸다. 죽음 같은 정적만 남았다. 셴 할아버지는 점차 희미해지는 핏빛 해를 바라보았다. 그 붉은빛이 자신에게서 멀어져가며 붉은 주단처럼 천천히 접히는 소리를 들었다. 셴 할아버지는 돌 위의 갈린 옥수수를 잘 갈무리하며 오늘 하루가 지나가면 내일은 또 어떤 일이 닥칠지 생각해보았다.

사흘이 지나자 그렇게 아껴 먹었는데도 옥수수 알갱이는 절반이나 줄어버렸다. 셴 할아버지는 생각했다. 쥐들이 전부 어디로 갔을까? 쥐들은 도대체 무얼 먹고 목숨을 부지하는 것일까?

나흘째 되는 날 밤, 셴 할아버지가 눈먼 개를 옥수수 옆으로 불러놓고 말했다.

"여길 잘 지키고 있거라. 무슨 소리가 나면 마구 짖어대는 걸 잊지 말거라."

그런 다음 자신은 호미를 들고 산등성이에 올라 정북 방향으로 걸어갔다. 마을에서 가장 먼 밭으로 간 그는 호미를 밭 한가운데 내려놓고 호밋자루 위에 주저앉았다. 동쪽 하늘이 훤히 밝아올 때까지 쥐들이 내는 어떤 소리도 들을 수 없었다. 낮에도 셴 할아버지는 눈먼 개를 데리고 그 밭으로 갔다. 개는 할아버지를 대신해 일곱 개의 쥐구멍을 찾았지만 파헤쳐봐도 쥐는 보이지 않았고 양곡도 없었다. 쌀알만 한 쥐똥을 제외하고는 손이 델 정도로 뜨겁게 마른 흙뿐이었다. 옥수수 종자를 심을 때 난 호미 자국을 찾아 파헤쳐봐도 종자는 한 알갱이도 찾을 수 없었다.

셴 할아버지는 이 산맥에는 옥수수 알갱이가 한 알도 남아 있지 않다는 결론을 내렸다. 셴 할아버지가 물었다.

"장님아, 한번 말해보거라. 우리가 굶어 죽을 것 같으냐?"

눈먼 개는 우물처럼 깊지만 이미 말라버린 눈으로 하늘을 바라보았다.

셴 할아버지가 말했다.

"그 옥수수도 얼른 자라서 어른이 될 생각이 없는 것 같구나."

다섯 번째 밤이 되었다. 저녁 무렵, 해는 완전히 지고 밤의 어둠이 저벅저벅 다가왔다. 온 산과 들판이 달도 없고 별도 없는 칠흑 같은 어둠에 덮여버렸다. 이때 산과 들판의 말라버린 나무들은 하루 가운데 가장 뜨거운 햇빛에서 벗어나 간신히 약간의 습기를 얻어 숨을 돌리고 있었다. 나무들은 기회를 놓칠세라 서둘러 솜털처럼 가늘고 유약한 탄식을 내뱉었다. 셴 할아버지는 눈먼 개와 함께 옥수수 줄기 옆에 앉아 있었다. 옥수수잎이 셴 할아버지의 코를 간질이자 그는 큰 입으로 푸른 알곡의 냄새를 들이켰다. 알곡의 냄새가 그의 창자 속에서 거리를 뚫고 지나가는 마차처럼 우르릉 소리를 내며 달려갔다. 그 냄새가 마침내 작은 배를 움직이자 셴 할아버지는 재빨리 허리를 구부리고 배를 움켜쥐며 냄새를 막아 계속 뱃속에 남아 있게 했다. 셴 할아버지는 희미한 달빛이 내려앉을 때까지 냄새를 붙잡고 있다가 말했다.

"장님아, 너도 이리 와서 이 냄새를 좀 삼켜보거라. 그러면 배가 고프지 않을 거야."

셴 할아버지가 눈먼 개를 두 번 불러봤지만 개는 아무

런 반응도 보이지 않았다. 고개를 돌려보니 눈먼 개는 갈대 돗자리 위에 한 무더기 부드러운 진흙처럼 엎드려 있었다. 셴 할아버지가 개에게 다가가 손을 뻗어 안아보았다. 개의 뱃가죽이 늑골에 걸려 있는 것이 분명하게 느껴졌다. 그 튀어나온 늑골이 칼처럼 할아버지의 손을 찔렀다. 셴 할아버지는 손을 자신의 배로 가져갔다. 먼저 말라 갈라진 두꺼운 피부를 만져보고는 그것을 긁어내 땅바닥으로 떨어뜨렸다. 그런 다음 물처럼 부드럽고 허한 배를 만져보고 곧장 손을 등 뒤의 척추 아래까지 옮겨 더듬어보았다.

셴 할아버지는 침묵했다.

그 침묵 속에 시작도 없고 끝도 없이 한참을 멈춰 있었다. 셴 할아버지가 말했다.

"장님아, 봐라, 달이 떴구나. 우리 잠이나 자도록 하자. 잠을 자다 보면 배가 고프지 않을 게다. 밥을 먹는 대신 꿈이나 꾸자꾸나."

눈먼 개가 땅바닥에서 일어나 비틀거리며 움막 쪽으로 다가갔다.

"울타리를 기어 넘진 말거라."

셴 할아버지가 또 말했다.

"그냥 땅바닥에서 자도록 하거라. 울타리를 기어 넘을

힘도 절약해야 할 것 같구나."

눈먼 개는 다시 원래의 자리로 돌아와 꼼짝도 하지 않
았다.

6

가느다란 상현달이 느릿느릿 구름 밖으로 몸을 드러냈
다. 산등성이에 물빛이 어른거렸다. 이런 몽롱함 속에서 셴
할아버지는 눈을 크게 뜨고 파르스름한 밤의 어둠을 바라보
며 기도를 올렸다.

"하느님, 제가 곧 굶어 죽게 되나요? 제게 어서 양식을
좀 내려주세요. 조금만 더 살게 해주세요. 적어도 개보다는
오래 살게 해주세요. 저 개가 죽으면 좋은 자리를 찾아 묻어
줘야 하거든요. 그래야 쥐나 다른 짐승들이 녀석을 필사적으
로 파먹지 않을 것이고, 그래야 녀석이 인간 세상에 다시 오
는 일도 없을 테니까요. 개가 죽더라도 조금만 더 살아 저 옥

수수를 돌볼 수 있게 해주세요. 제가 지금껏 남아 있는 건 저 옥수수 때문입니다. 제게 뭔가 수확할 수 있는 즐거움을 주세요. 옥수수가 다 익어도 저를 데려가지 마세요. 비가 한 차례 올 때까지만 기다려주세요. 한재를 피해 피난을 떠났던 마을 사람들이 돌아오면 이 옥수수를 다른 마을 사람에게 넘겨야 하거든요. 이건 이 산맥의 종자란 말이에요."

셴 할아버지는 이렇게 기도를 올리며 한 손으로는 옥수수 이파리를 어루만지고 다른 한 손으로는 자신의 가슴에서 더럽고 두꺼운 피부를 긁어내 땅바닥에 던졌다. 다시 잠을 청하면서 그가 눈먼 개의 등에 두 발을 가볍게 얹으며 말했다.

"자자, 장님아. 잠이 들면 배고픔을 잊을 수 있을 거야."

이 한마디를 던지고 셴 할아버지는 두 눈꺼풀이 하나로 달라붙으며 스르르 깊은 꿈속으로 빠져들어갔다.

단잠을 자고 일어난 셴 할아버지는 눈먼 개의 등에 얹었던 두 발을 가볍게 움직여보았다. 이내 눈먼 개의 푸른 돌 같은 목소리가 귓가에 울렸다. 셴 할아버지는 황급히 자리에서 일어나 앉았다. 산등성이에 가득한 쥐들의 미세한 울음소리가 들려왔다. 동시에 쥐들이 빠르게 이동하는 발소리도 들렸다. 눈먼 개는 갈대 돗자리 울타리 밖에 서서 산등성이를 향해 짖어대기 시작했다. 셴 할아버지는 갈대 돗자리 울타리 밖으로 나와 눈먼 개의 머리를 톡톡 두드려주면서 다시 울타리 안으로 들어가 옥수수를 지키게 했다.

날이 밝아올 무렵이라 달빛은 무척이나 맑고 투명했다. 공기 중에는 그윽하고 축축한 향기가 가득했다. 움막으로 올라가 산등성이를 마주한 채 한쪽 구석에 쭈그리고 앉은 셴 할아버지는 먼저 공기 속에서 아주 어둡고 강한 쥐의 노린내를 감지했다. 허공으로 떠오르는 흙냄새도 느껴졌다. 그는 두 눈을 깜빡거려봤지만 산등성이에서 지면을 따라 구름 같은 검은 막이 남쪽으로 미끄러져 내려가는 것만 보일 뿐이었다. 셴 할아버지는 움막에서 내려왔다. 쥐들이 갑자기 방향을 돌려 옥수수 쪽으로 몰려올까 봐 두려웠다. 갈대 돗자리 울타리 안을 바라보니 옥수수는 여전히 푸른 비췻빛으로 하늘을 향해 뻗어가고 있었다. 눈먼 개가 두 귀를 쫑긋 세우고 허공에 검고 빛나는 모습을 드러냈다.

"절대 짖어선 안 돼."

셴 할아버지가 눈먼 개의 귀를 어루만지며 말했다.

"쥐들에게 여기 사람이 있다는 것을 알려선 안 돼. 녀석들은 사람이 있는 곳에 먹을 것이 있다는 걸 잘 알거든."

이때 산등성이에서는 폭우가 쏟아지는 듯한 소리가 잦

아들었다. 셴 할아버지는 눈먼 개의 머리를 쓰다듬어주고는 천천히 산등성이로 걸어 올라갔다. 비탈길로 올라서자 갑자기 열 마리, 스무 마리씩 대오를 이룬 쥐들이 남쪽을 향해 이동하는 모습이 눈에 들어왔다. 도무지 믿을 수가 없었다. 쇠처럼 단단하던 산등성이 길이 두꺼운 먼지로 뒤덮이고 쥐들의 발자국이 선명하게 찍혀 있었다. 길은 바늘 하나 들어갈 틈도 없이 쥐 발자국으로 가득 차 있었다.

셴 할아버지는 넋이 나간 표정으로 그 자리에 멍하니 서 있었다.

그는 생각했다. 쥐들이 저렇게 떼를 지어 도대체 어디를 향해 가는 거지?

어쩌면 큰 가뭄이 끝없이 계속될지도 모를 일이었다. 셴 할아버지가 말했다.

"한재가 계속되는 것이 아니라면 쥐들이 저렇게 집단으로 이동할 이유가 없지 않은가? 쥐들은 물이 없어지는 것을 두려워하긴 하지만 나무판이나 풀을 엮어 만든 자리만 있어도 굶어 죽지 않는다고 하지 않았던가? 지금 쥐들이 대거 이동하는 것으로 보아 큰 가뭄이 언제까지 계속될지 알 수 없을 것 같아."

셴 할아버지가 생각에 잠겨 중얼거리다가 몸을 돌려 움

막으로 돌아가려는 순간, 북쪽에서 빗소리가 점점 크게 들려왔다. 그는 그것이 빗소리가 아니라 쥐 떼가 지나가는 소리라는 것을 모르지 않았다. 몸이 쪼그라드는 것 같았다. 높은 곳에 서서 밝은 빛에 의지해 먼 곳을 바라보는 순간, 온몸의 피가 굳어버렸다.

산등성이를 넘어 남쪽으로 이동하는 것은 그냥 쥐 떼가 아니라 거대한 쥐의 홍수였다. 푸른빛과 자줏빛이 뒤섞인 쥐 떼의 홍수 같은 울음소리가 대오의 맨 앞에서 늑대의 포효처럼 날카롭게 울려 퍼졌다. 그 뒤를 따라 조수 같은 쥐 떼가 위아래로 꿈틀거리며 파도처럼 밀려왔다. 가는 빗소리 같던 발소리는 이내 폭우 소리로 변해 하늘과 땅을 뒤덮었다. 수많은 쥐들이 바닷물 위로 튀어 오르는 물고기들처럼 높이 솟구쳤다가 퍽 하는 소리와 함께 수면 같은 쥐 떼의 대오 속으로 떨어졌다. 하늘은 이미 흰빛이 차오르기 시작했지만 푸른 공기 중에는 갈수록 노린내가 코를 찔렀다.

셴 할아버지는 갑자기 두 손이 땀에 젖었다. 그는 이 쥐 떼의 행렬이 방향을 틀기만 하면 자신과 눈먼 개 그리고 옥수수는 더 이상 이 세상에 남아 있지 못할 것이 분명하다는 것을 잘 알았다. 쥐 떼는 굶주림에 미쳐 있었다. 굶주림에 미친 쥐 떼는 감히 사람의 코와 귀도 물었다. 셴 할아버지는 얼른 돌아가 눈먼 개에게 제발 아무 소리도 내지 말라고 말하고 싶었다.

하지만 때는 늦어버렸다. 쥐 떼의 행렬이 거무튀튀한 안개처럼 몰려오고 있었다. 셴 할아버지는 번개처럼 달려가 어느 홰나무 아래로 숨는 수밖에 없었다. 그 홰나무는 굵기가 할아버지의 팔뚝 정도밖에 되지 않았다. 쥐 떼 행렬의 맨 앞에 선 몇 마리는 비할 데 없이 덩치가 컸고 온몸이 잿빛으로 빛났다. 키가 작은 고양이나 족제비만 했다. 셴 할아버지는 이제껏 그렇게 큰 쥐는 본 적이 없었다. 그는 이것이 아마도 조상들이 말한 쥐의 왕이겠거니 생각했다. 맨 앞에서 달려오는 쥐 왕의 눈은 초록색으로 반짝반짝 빛났다. 파란빛도 섞여 있었다. 쥐들은 허공을 나는 말처럼 빨랐다. 보폭이 한 자 반은 되고도 남을 것 같았다. 쥐 떼로 인한 잿빛 먼지가 양탄자처럼 땅 위에 펼쳐졌다.

셴 할아버지는 기침을 하고 싶었지만 손으로 목을 꼭 누른 채 감히 기침 소리를 낼 수 없었다. 날은 이미 훤히 밝아 있었다. 어김없이 시원하고 청량한 아침이 찾아왔다. 기와처럼 파란 하늘 위로 생선 비늘 같은 하얀 구름이 떠갔다. 해의 날카로운 빛발은 예전보다 훨씬 예리해진 것 같았다. 햇빛이 날카롭지 않다면 쥐들이 왜 저렇게 날뛴단 말인가. 셴 할아버지는 나무 뒤에서 슬그머니 나와보았다. 언뜻 쥐 한 마리도 보이지 않았다. 쥐들이 두려워하는 것은 사람이 아니라 하늘이요 해였으며 잔혹한 가뭄이었던 것이다. 그는 미동도 하지 않고 길가에 선 채 쥐 떼의 행렬이 요란하게 달려 지나가는 모습을 바라보며 길 위로 떨어지는 끝없는 소음을 듣고 있었다.

셴 할아버지는 속으로 생각했다. 이 쥐들을 한데 쌓으면 산보다 더 크겠네. 쥐들은 도대체 어떻게 이처럼 한데 모일 수 있었을까? 쥐들은 누군가 명령을 내리기라도 하는 듯이 일사불란하게 하나가 되어 남쪽으로 이동하고 있었다. 이들이 향하는 남쪽은 어디일까? 그곳엔 양식도 있고 물도 있지만 해는 없는 걸까? 동쪽에는 붉다 못해 황금빛에 가까운 해가 있었다. 셴 할아버지는 불현듯 쥐들이 전부 눈이 빨갛게 빛나는 것을 발견했다. 길 위에 빨간 구슬이 굴러다니는 것 같았다. 그렇게 길 양쪽 들판 위를 달리던 수백수천 마리의 쥐들이 눈 깜짝할 사이에 어디로 사라졌는지 보이지 않았다.

7

해가 철저한 몸부림으로 산맥 위로 솟아올랐다. 햇빛 속에는 은회색 또는 잿빛의 쥐 털이 춤추듯이 떠다녔다. 춘 삼월의 버들강아지 같았다. 셴 할아버지는 산등성이에서 긴 한숨을 내쉬고는 비탈을 내려갔다. 맑고 적막한 아침에 발소 리는 유난히 창백하고 힘이 없었다. 갈대 돗자리 울타리 안 에 있는 옥수수 곁으로 가보니 눈먼 개가 보이지 않는 눈으 로 산등성이 방향을 응시하고 있었다. 차가운 땀방울이 귀 끝에 매달려 있었다.

셴 할아버지가 물었다.

"두려우냐?"

눈먼 개는 말없이 부드럽게 할아버지의 다리 곁에 누웠다.

셴 할아버지가 말했다.

"아주 큰 재난이 닥칠 모양이다."

개는 아무 말 없이 파란 가지에 푸른 잎이 달린 옥수수만 바라보았다.

순간 셴 할아버지가 흠칫 놀란 표정을 지었다. 옥수수 잎에 하얀 반점이 잔뜩 나 있었던 것이다. 참깨 같았다. 극심한 가뭄으로 오랫동안 물을 주지 못해 건반증(乾斑症)*에 걸린 것이 분명했다. 하지만 가뭄이 아무리 심하다 해도 이 옥수수는 물이 부족한 적이 없었다. 셴 할아버지가 옥수수 주위에 울타리를 치고 거의 매일 물을 주어온 터였다. 얼른 쭈그리고 앉아 울타리 안의 갈색 흙을 손가락 하나 깊이로 파보았다. 물기가 드러났다. 그는 축축한 흙을 만져보았다. 건반증은 아무래도 물 부족 때문이 아니라 산과 들판에 가득한 쥐 냄새 때문인 것 같았다.

모든 퇴비 가운데 쥐똥이 가장 독하고 기름졌다. 셴 할아버지는 쥐의 노린내도 아주 독하고 뜨거울 것이라고 생각

---

* 식물 잎에 마른 반점이 생기는 증상.

했다. 하룻밤 사이에 쥐 떼의 노린내가 옥수수를 포위하면 옥수수잎이 너무 뜨거워져 반점이 생기지 않을 수 없을 것이다. 셴 할아버지가 옥수수 잎사귀에 귀를 대보니 지지직 하고 반점들이 급속도로 생장하는 소리가 들렸다. 몸을 돌려 코로 냄새를 맡아보니 주변에서 검고 메마른 쥐들의 노린내가 강물처럼 왕성하게 옥수수를 향해 밀려오고 있었다.

다시 말해서 이 옥수수는 곧 죽게 될 것이었다.

다시 말해서 이 옥수수를 살리려면 당장 비라도 한바탕 쏟아져 독가스처럼 온 산과 들을 짓누르고 있는 쥐 노린내를, 옥수수 줄기의 독기를 깨끗이 씻어내야 했다.

눈먼 개는 할아버지가 놀라 허둥대는 것을 알았다.

셴 할아버지가 말했다.

"장님아, 너는 여길 잘 지키고 있거라. 나는 아무래도 마을로 돌아가 물을 좀 길어 와야 할 것 같구나."

셴 할아버지는 눈먼 개의 대답을 기다리지도 않고 얼른 물통을 지고 마을을 향해 무거운 걸음을 옮겼다.

마을은 여전히 아무런 기척도 없이 조용하기만 했다. 마을 거리는 쥐똥으로 한 겹 덮여 있고 집집마다 햇볕이 내리쬔 대문의 나무 틈새가 더 크게 벌어지고 있었다. 셴 할아버지는 다른 많은 일들을 전부 접어두고 곧장 우물가로 가서 우물에 담가놓은 요를 끌어 올렸다. 요는 손에 무게가 거의 느껴지지 않을 정도로 가벼웠다. 예전처럼 쏴 하고 요에서 우물로 물이 떨어질 때 나던 소리도 전혀 들리지 않았다. 얼른 우물 안을 들여다보던 셴 할아버지의 얼굴이 창백해지며 두레박줄을 잡고 있던 두 손도 그대로 굳어버렸다.

한참이 지나서야 셴 할아버지는 두레박줄을 고패 끝까지 감아 올렸다. 물에 젖은 요가 보이지 않았다. 구멍투성이인 천 한 겹만 겨우 남아 있고 그 천에는 물에 불어 죽은 쥐들만 잔뜩 달라붙어 있었다. 요가 우물 입구에 이르자 또다시 우수수 십여 마리 쥐의 사체가 우물 안으로 떨어졌다. 물에 담가놓은 요는 갈증을 이기지 못해 우물로 뛰어든 쥐들이 다 갉아 먹어 형태조차 제대로 남아 있지 않았다.

셴 할아버지는 다른 집으로 가서 요나 이불을 찾기 시작했다. 그는 먼저 양식을 구하러 찾아갔던 집들부터 가보았지만 가는 집마다 문 앞에서 잠시 머뭇거렸다. 마을이 전부 쥐에게 털린 뒤였다. 집집마다 궤짝과 탁자, 옷장, 침대 다리 등 옷이나 식량을 넣어두었을 만한 모든 가구와 기물에 크고 작은 구멍이 나 있고, 그 주위에 먹다 버린 해바라기씨처럼 온갖 잔해가 널브러져 있었다. 황백색 목재 냄새와 쥐 노린내가 방 안을 가득 채우고 마당까지 넘쳐나고 있었다.

열 집 넘게 돌아다녀봤지만 셴 할아버지는 결국 빈손으로 돌아와야 했다.

마을 골목을 빠져나온 셴 할아버지의 손에는 기다란 대나무 장대가 세 개 들려 있었다. 그는 대나무 장대 세 개를 묶어 하나로 연결한 다음, 어느 집 뒤뜰의 변소로 가서 대변을 푸는 작은 나무 그릇을 찾았다. 집집마다 부엌에서 쓰는 풀무와 도마, 나무 그릇, 오지그릇들은 전부 쥐가 물어뜯어 깨져 있었다. 그는 나무 그릇을 대나무 장대 끝에 묶어 세 번이나 우물 바닥으로 내려 물을 푸려고 시도했지만 담겨 올라온 것은 쥐 사체뿐이었다. 셴 할아버지는 머리 위의 햇빛에 의지해 우물 안을 들여다보았다. 우물 안에는 물은 없고, 저장해두었다가 반쯤 썩어 불어터진 고구마 더미처럼 쥐 사체만 가득 쌓여 있었다. 아직 살아 있는 쥐 몇 마리가 죽은 쥐들의 사체를 딛고 뛰어올라 우물 벽을 타고 몇 자쯤 기어오르다가 또다시 픽 소리를 내며 바닥으로 떨어졌다. 높고 가느다란 비통의 울음소리만 우물 벽을 타고 올라왔다.

셴 할아버지는 빈 물통을 메고 바리반 산비탈로 돌아왔다.

넓디넓은 산맥은 한없이 주변으로 뻗어나가고 있었다. 주변 수십 리 밖의 하늘과 산맥이 서로 잇닿아 있는 곳마다 이글이글 불빛으로 타고 있었다. 셴 할아버지가 산비탈에 이르자 눈먼 개가 달려와 맞아주었다. 셴 할아버지가 말했다.

"우물이 말라버렸더구나. 물이 없단 말이다. 죽은 쥐들이 우물을 가득 채워버렸어."

그러고 나서 눈먼 개에게 물었다.

"쥐들이 여기에 왔었느냐?"

눈먼 개는 할아버지를 쳐다보며 고개를 가로저었다. 셴 할아버지가 말했다.

"너랑 나는 둘 다 여기서 쥐들 손에 죽게 될 것 같구나. 저 옥수수도 마찬가지고 말이야. 우리는 며칠 버티지 못할 것 같아."

눈먼 개는 움막의 그늘 아래 멍하니 서서 하늘을 바라보았다.

물통을 내려놓은 셴 할아버지는 갈대 돗자리 울타리 쪽으로 다가가 안을 들여다보았다. 옥수수 줄기에 달린 잎사귀마다 생긴 반점이 손톱 크기만큼 커져 있었다. 그는 말없이 옥수수 앞에 섰다. 여러 세대가 흐른 듯 한참 동안 열한 번째 잎사귀에 난 두 개의 반점이 점점 커져 하나로 합쳐지더니 햇볕에 말린 콩꼬투리처럼 변해 있는 것을 멍하니 바라보던 그는 노쇠한 두 눈을 깜빡였다. 목울대가 땅 위로 튀어

나온 고목나무 뿌리처럼 불룩 튀어나와 있었다. 셴 할아버지는 갈대 돗자리 울타리에서 나와 움막 위에 걸어두었던 말채찍을 꺼내 해의 한가운데를 겨눴다. 몸을 돌려 탕탕 팍팍 채찍을 십여 차례 휘두르자 해의 빛발에서 무수한 그림자가 땅바닥으로 떨어져 내렸다. 그제야 셴 할아버지 목의 핏대가 가라앉았다. 그는 채찍을 움막 기둥에 걸어두고 다시 물통을 어깨에 메고는 산등성이를 향해 걸어갔다.

눈먼 개가 할아버지가 가는 방향으로 멍한 눈길을 던졌다. 낙담에 젖어 칠흑 같은 눈빛 속에 진한 눈물 냄새가 처연하게 고여 있었다. 할아버지의 발소리가 점점 작아지다가 완전히 사라지자 눈먼 개는 그제야 천천히 돌아가 옥수수 줄기 아래 양달에 몸을 웅크린 채 엎드려 옥수수를 지켰다.

셴 할아버지는 물을 찾으러 갔다. 그는 쥐들이 피난 가는 그 방향에 틀림없이 마실 물이 있을 것이라고 확신했다. 물이 없다면 쥐들이 어떻게 큰 가뭄이 시작되고부터 지금까지 버틸 수 있었겠는가! 쥐들이 대규모로 이동하는 것은 틀림없이 먹을 것이 없기 때문이야. 먹을 게 있었다면 쥐들이 어째서 마을 안에 있는 양식 냄새가 나거나 옷 냄새가 나는 나무 그릇까지 모조리 말끔하게 갉아 먹을 수 있겠어? 셴 할아버지는 쥐들의 대규모 이동이 절대로 물이 없어서가 아니라고 생각했다.

햇살은 곧고 붉었다. 하지만 산맥 위를 홀로 걷다 보면 햇살은 오히려 거칠고 굵고 건장해져 한 다발, 한 줄기씩 눈으로 셀 수 있었다. 빈 물통이 어깨 위에서 앞뒤로 흔들리며 말라 갈라진 듯 삐걱대는 소리를 슬프고 고통스럽게 내고 있었다. 바싹 타들어간 땅의 탄식 같았다. 셴 할아버지는 그 창백한 소리와 터벅터벅 걸을 때 자신의 발밑에서 나는 쓸쓸한 황톳빛 소리를 들으며 진한 허무감에 휩싸였다. 마음속 공허가 이 세상의 재앙보다 훨씬 더 깊은 것 같았다. 그는 마을 세 곳을 잇달아 찾아갔지만 메말라버린 우물에는 풀 냄새와 지푸라기만 가득할 뿐 썩고 곰팡이 핀 축축한 냄새조차 나지 않았다. 셴 할아버지는 더 이상 물을 찾으러 마을을 돌아다니는 일은 하지 않기로 마음먹었다. 마을에 물이 있었다면 어째서 마을 사람들이 전부 빠져나갔겠는가.

셴 할아버지는 깊은 골짜기들을 하나하나 찾아다니며 혹시 땅에 촉촉한 물기가 있는지 살펴보기 시작했다. 그러다가 산등성이 몇 개를 넘어 아주 좁고 가느다란 어느 골짜기에서 바위 뒷면에 띠 풀이 붙어 있는 것을 발견했다. 셴 할아버지가 말했다.

"이런 염병할! 하늘이 어째서 사람의 살길을 끊어놓는

단 말인가?"

셴 할아버지는 그 바위 위에 앉아 잠시 쉬다가 띠 풀을 뽑아 뿌리에 남아 있는 단 즙과 함께 씹어 먹었다. 단물이 빠진 풀줄기까지 삼켜 뱃속에 욱여넣고 나서 말했다.

"이 계곡에도 물이 없다면 바위에 머리를 박아 죽고 말 테다."

셴 할아버지는 계곡으로 한 걸음씩 더 깊이 들어갔다. 걸음을 옮길 때마다 헐떡거리는 소리가 땅에 떨어졌다. 겨울 솔방울이 그의 발 앞에 떨어지는 것 같았다. 얼마나 걸었을까. 막 띠 풀을 씹어 먹었을 때는 해가 아직 산등성이 서쪽에 하얗고 붉게 걸려 있었는데 그가 발아래 말라 갈라진 땅이 알알이 균일한 흰모래로 바뀐 것을 알아차렸을 때는 해가 이미 서쪽 하늘을 핏빛으로 붉게 태우고 있었다.

8

셴 할아버지가 마침내 절벽 아래서 샘물을 하나 발견했을 때는 이미 황혼이 내려앉아 있었다. 그는 먼저 발아래 흰 모래가 옅은 붉은색을 띠고 있는 것을 알아차렸다. 이어서 한나절이나 길을 걸어 뜨거워진 발이 갑자기 시원하고 개운해지는 느낌이 들었다. 촉촉한 모래를 밟으며 골짜기 안으로 걸어 들어가다가 어깨가 아플 정도로 골짜기가 비좁아질 무렵 물방울 떨어지는 소리가 음악처럼 들려왔다. 셴 할아버지가 고개를 들자 푸른빛이 화르르 눈을 향해 날아왔다.

셴 할아버지는 그 자리에 멈춰 섰다. 그는 다섯 달 전부터 지금까지 이렇게 많은 푸른 풀을 본 적이 없었다. 푸른 풀밭이 어떤 모습이었는지조차 거의 기억나지 않는 것 같았다. 물도롱이 풀과 푸른 띠 풀 그리고 온갖 풀 사이에 피어 있는 형형색색의 작은 꽃들이 보였다. 그가 이름을 알지 못하는 꽃들도 적지 않았다. 무더운 햇볕 아래 골짜기 바닥에 진하고 푸른 풀 냄새와 비릿한 신선함이 가득 퍼져 있었다. 생동감이 넘쳤다. 셴 할아버지는 목구멍이 간질간질했다. 물을 마시고 싶었다. 하지만 갑자기 엄습한 갈증에 늘 말라 터진 입술이 저항할 수 없을 만큼 굳어버렸다. 그는 저 앞 몇 걸음 떨어지지 않은 곳에 물방울이 떨어지는 절벽 아래로 갈대 돗자리 반쪽만 한 연못이 있는 것을 발견했다. 연못은 갈대 돗자리만 한 초록 풀숲 사이에 가려져 있어 마치 거울이 풀숲을 비추고 있는 것처럼 보였다.

셴 할아버지는 물통을 내던지고 재빨리 연못으로 달려가 마음껏 물을 마시고 싶었지만, 갑자기 목구멍의 점액질을 꾸역꾸역 도로 삼키며 그 자리에 꼼짝하지 않고 멈춰 서고 말았다. 풀숲 뒤쪽에 늑대 한 마리가 서 있었기 때문이다. 눈먼 개만 한 크기의 누런 늑대였다. 늑대의 눈은 초록색으로 빛나고 있었다. 먼저 셴 할아버지의 출현을 이상하게 여긴 늑대는 이내 할아버지가 어깨에 멘 물통 두 개를 발견했다. 늑대의 두 눈은 원한으로 가득 차 있었다. 눈빛이 흉악하게 변한 늑대가 앞다리를 살짝 구부렸다. 금방이라도 할아버지에게 덤벼들 자세를 취하는 것 같았다.

셴 할아버지는 미동도 하지 않고 그 자리에 박힌 듯이 서 있었다. 눈동자조차 깜빡이지 않고 늑대를 노려보았다. 그는 늑대가 도망가지 않는 것이 바로 이 샘물 때문이라는 것을 알았다. 셴 할아버지는 슬그머니 눈꺼풀을 내리깔아 수초 주변에 수많은 털들이 널려 있는 것을 유심히 살폈다. 회색과 흰색, 밤색 털이었다. 짐승의 털도 있고 새의 깃털도 있었다. 순간 셴 할아버지는 이 늑대가 연못가를 지키며 물 마시러 오는 새와 짐승들을 기다렸다는 것을 직감했다. 마음속으로 진저리가 쳐졌다. 늑대가 저렇게 여윈 것을 보니 저 자리에서 무언가가 찾아오기를 사나흘은 기다린 것 같았다. 셴 할아버지는 두 걸음 정도 떨어진 곳의 모래자갈 위에 까맣게 말라붙은 핏자국과 썩은 대추 같기도 하고 상한 호두 같기도 한 무수한 쥐의 머리, 그리고 길이가 제각각인 회색 뼈들이 널려 있는 것을 보았다. 그제야 셴 할아버지는 신선한 비린내 속에 뿌옇고 탁한 썩은 고기 냄새가 섞여 있는 것을 감지할 수 있었다.

멜대 갈고리를 쥔 셴 할아버지의 두 손이 땀에 젖었다. 두 다리도 미세하게 흔들렸다. 이 모습을 본 늑대가 곧바로 할아버지를 향해 다가오기 시작했다. 바로 그 순간, 늑대가 할아버지 쪽으로 다가가며 잡초를 밟자 한층 더 푸르고 덜 하얀 소리가 났다. 셴 할아버지는 허리를 숙여 물통을 바닥에 내려놓고는 재빨리 허공에서 멜대 갈고리를 가로로 돌려 늑대의 머리를 겨눴다.

늑대는 할아버지의 멜대 고리가 다가오자 뒤로 반걸음 물러섰다. 동그란 눈에 서려 있던 초록색 원한이 누런빛으로 바뀌며 바닥을 향해 떨어졌다.

셴 할아버지는 늑대의 두 눈을 뚫어져라 쳐다보았다.

늑대도 할아버지의 두 눈을 응시했다.

늑대와 셴 할아버지의 눈길이 서로 마주치자 적막하고 쓸쓸하던 골짜기에 우당탕하고 눈부시게 이글거리는 금빛이 내는 요란한 소리가 메아리쳤다. 물 떨어지는 소리가 눈부시게 파랬다. 뭔가 폭발하는 소리 같았다. 서서히 해가 지고 있었다. 시간이 기마대처럼 서로 대치하고 있는 늑대와 셴 할아버지의 눈길 사이를 내달리고 있었다. 눈앞에 있는 절벽의 핏빛이 엷어지기 시작하자 산 위에서부터 아래로 냉기가 스며들었다. 언제부터인지 모르게 셴 할아버지의 이마에는 땀방울이 맺혔고 발바닥에서부터 시작된 다리의 피로가 종아리를 거쳐 허벅지로 번져가고 있었다.

셴 할아버지는 문득 이렇게 팽팽한 대치를 계속하기 어렵다는 생각이 들었다. 자신은 하루 종일 길을 걸었지만 늑대는 하루 종일 이곳에 몸을 웅크리고 있었던 터였다. 자신은 온종일 물 한 모금도 삼키지 못했지만 늑대는 이곳을 지키며 언제든 샘물을 마실 수 있었다. 셴 할아버지는 혀로 메마른 입술에 침을 발랐다. 혀가 입술 표면에 스치는 촉감이 마치 가시나무 덤불을 스치는 것 같았다. 그는 속으로 생각했다. 늑대야, 여기 연못을 지킨다고 이 물을 다 마실 수 있겠느냐? 그러고는 말했다.

"이봐, 늑대야. 네가 내게 물을 한 통 주면 내가 옥수숫가루로 죽을 끓여서 한 그릇 주마. 어떠냐?"

셴 할아버지는 손에 쥔 버드나무 멜대를 더 꽉 움켜쥐며 늑대의 이마를 겨눴다. 멜대 양 끝에 매달린 갈고리마저도 엉겨 붙은 것처럼 움직이지 않았다.

늑대의 눈에서 반짝이던 빛이 서서히 누그러지고 있었다. 마침내 늑대가 눈을 깜빡였다. 깜빡이다가 또다시 크게 뜨긴 했지만 셴 할아버지는 늑대의 그 푸르고 단단한 눈빛에서 물처럼 부드러운 기운을 분명하게 간파했다.

셴 할아버지는 해가 산 아래로 지는 소리를 들었다. 산 저편의 낙엽이 흩날려 오는 소리 같았다. 그는 늑대의 이마를 겨누고 있던 멜대 끝을 천천히 땅바닥으로 향했다가 마침내 풀숲에 완전히 내려놓았다.

셴 할아버지가 말했다.

"내가 내일 올 때 밥을 한 그릇 가져다주마."

늑대는 구부리고 있던 앞발을 거두고는 고개를 돌려 천천히 연못 가장자리를 따라 터벅터벅 골짜기 입구 쪽으로 걸어갔다. 몇 발짝 가지 않아 늑대가 다시 고개를 돌려 할아버지를 바라보았다. 조용하고 쓸쓸하면서도 따뜻하고 순한 발소리가 길고 좁은 계곡에 미세하게 울렸다. 셴 할아버지는 늑대가 수십 걸음 떨어진 길모퉁이를 돌 때까지 계속 바라보고 있었다. 늑대가 완전히 사라지자 그는 힘없이 땅바닥에 주저앉아 이마에 난 땀을 닦았다. 참을 수 없는 오한이 일었다. 그제야 유일하게 몸에 걸친 삼베 적삼마저 땀에 젖어 허벅지에 달라붙은 것을 발견했다.

긴 한숨을 내쉰 셴 할아버지는 다시 일어날 기운마저 없어 자리에 그대로 쭈그리고 앉았다. 잠시 후 거의 그 자세 그대로 앞으로 몇 발짝 몸을 옮겨 연못가로 다가가서는 몸을 숙이고 소처럼 꿀꺽꿀꺽 샘물을 마셨다. 물이 셴 할아버지의 목구멍 안으로 흘러 들어갔다. 달콤하고 촉촉하며 시원한 바람이 불처럼 뜨거운 골목을 뚫고 지나온 것 같았다. 순식간에 시원하고 부드러운 물기운이 발바닥까지 스며들었다. 그는 물로 배를 채우고 나서 얼굴을 씻었다. 벼랑 끝에 걸린 햇빛은 여전히 붉었지만 종이 한 장 두께로 얇아져 있었다. 셴 할아버지는 얼른 물통에 물을 가득 채워 연못가에 내려놓고는 적삼을 훌렁 다 벗었다.

연못가에서 목욕하며 셴 할아버지가 말했다.

"늑대야, 늑대야. 오늘 네가 내게 물 한 통을 주면, 내가 내일 어디 가서 옥수숫가루를 구해다 네게 죽을 쑤어주마. 너는 고기를 즐겨 먹으니 차라리 쥐를 몇 마리 가져다주마."

셴 할아버지는 생각했다. 내가 늙어서 기력이 약해진 탓에 널 피할 수밖에 없었던 거야. 10년 전, 아니 몇 년 전만 같았어도 네게 쥐 몇 마리를 먹이로 가져다준다는 말은 안 했을 게다. 네가 내 멜대 아래로 무사히 지나가게 해준 것만으로도 나는 이미 충분히 대자대비(大慈大悲)했던 거란 말이다. 셴 할아버지는 계속해서 중얼중얼 푸념을 늘어놓았다. 손과 입을 쉬지 않고 놀리며 연못의 맑은 물이 탁해지도록 몸을 씻고, 연못가에 오줌까지 누고 나니 벼랑 끝에 걸려 있던 종이 한 장 두께의 햇빛이 옅은 분홍빛으로 변해 있었다.

풀을 두 줌 뜯어 물통 두 개의 수면 위에 뿌린 셴 할아버지는 골짜기 입구 쪽으로 천천히 걸어갔다. 물통 두 개에

담긴 물의 무게로 멜대가 활처럼 휘었다. 걸음을 옮길 때마다 물통이 흔들렸지만 물 위에 얹은 풀이 물방울이 튀지 않게 잡아주고 있었다. 쿵쾅쿵쾅, 육중한 멜대가 삐걱대는 소리가 계곡 가득 울리며 골짜기 입구까지 퍼져나갔다. 셴 할아버지는 생각했다. 내가 이제 정말 늙었나 보군. 천천히 걷는 것이 좋겠어. 황혼이 내려앉기 전에 비탈길에 올라서기만 하면 별로 겁날 것이 없을 테니까. 달빛이 산비탈에 있는 밭으로 돌아갈 수 있게 나를 비춰줄 거야. 옥수수 줄기에 물을 주기만 하면 말라서 생긴 반점들이 더 이상 번지지 않겠지.

여유 있게 걸음을 옮기는 셴 할아버지는 늑대 떼가 골짜기 입구에서 자신을 막아설 것이라고는 꿈에도 생각지 못했다.

눈먼 개만 한 늑대가 골짜기 입구에서 지켜보고 있다가 할아버지가 골짜기에서 나오는 것을 보더니 무리를 몰고 나왔다. 맨 앞에서 길을 인도하던 놈이 잠시 머뭇거리다가 고개를 돌려 할아버지를 보고는 곧바로 늑대 떼를 이끌고 대담하게 할아버지를 향해 다가서기 시작했다.

셴 할아버지의 온몸에서 쾅 하고 폭발음이 울렸다. 그제야 늑대의 계략에 걸려들었다는 사실을 깨달은 것이다. 그는 속으로 생각했다. 내가 목욕하지 않았다면 얼마나 좋았을까. 또 생각했다. 내가 연못가에 앉아서 오래 쉬지 않았다면 얼마나 좋았을까. 또 생각했다. 내가 걸음을 좀 더 빨리 걸어 지금쯤 산등성이를 넘고 있고 이 늑대 떼가 허탕 쳤다면 얼마나 좋았을까. 이런 생각을 하던 셴 할아버지는 짐짓 태연한 척하며 느긋하게 평지를 찾아 물통을 내려놓은 다음 침착하게 멜대를 물통 고리에서 풀었다. 그러고는 몸을 돌려 멜대를 들고 늑대 무리는 안중에도 없다는 듯이 늑대들이 다가오는 방향으로 나아갔다. 셴 할아버지의 발걸음은 전혀 빠르지 않았다. 멜대에 달린 갈고리만 그의 손 앞뒤로 흔들리고 있었다. 늑대 무리는 할아버지를 향해 다가왔고 할아버지 역시 늑대 무리를 향해 다가갔다. 스무 걸음 남짓 되던 거리가 순식간에 열 걸음 안팎으로 가까워졌다. 셴 할아버지는 여전히 느긋하게 큰 걸음으로 걸어갔다. 주저하지 않고 단숨에 늑대 무리의 한가운데로 들어가려는 것 같았다.

늑대 무리는 할아버지의 침착함에 놀랐는지, 갑자기 발걸음이 느려지더니 골짜기 입구에 멈춰 선 채 움직이지 않았다.

셴 할아버지는 곧장 앞으로 나아갔다.

맨 앞에 있던 늑대 두 마리가 뒤로 몇 걸음 물러섰다. 늑대의 뒷걸음질이 셴 할아버지의 마음속 무한한 공허를 조금은 메워주었다. 맨 처음 셴 할아버지가 보폭을 크게 넓혀 걷기 시작했을 때 빠르고 맹렬한 발소리에 절벽이 흔들리며 가는 모래알이 흘러내렸다. 늑대 무리는 눈을 빤히 뜨고 할아버지의 이런 모습을 주시했다. 셴 할아버지는 골짜기의 길이 좁아지는 지점에 이르러 가파르게 깎아지른 양쪽 절벽을 힐끗 쳐다보고는 걸음을 멈췄다. 그는 두 걸음 남짓한 너비의 골짜기 입구를 택했다. 늑대 무리가 이 길목을 통과하지 않고서는 뒤로 돌아가 자신을 둘러쌀 수 없다는 것을 알고 있었기 때문이다. 셴 할아버지는 골짜기 그 길목 한가운데에 그렇게 서 있었다.

이제 늑대 무리와 할아버지가 서로 대치할 일만 남았다.

물로 배를 채운 터라 굶주림과 갈증은 이미 샘물로 진압된 상태였다. 셴 할아버지는 생각했다. 내가 여기 골짜기 길목에 서서 버티며 쓰러지지만 않는다면 살아서 이 골짜기를 벗어날 수 있을지도 몰라. 해가 마지막 남아 있던 붉은빛을 거둬들이고 어김없이 황혼이 찾아왔다. 골짜기의 하늘빛이 늑대 무리의 몸 색깔과 같았다. 황혼 속에서 적막이 미세하게 움직이며 계곡 위 하늘에서 내려오기 시작했다. 셴 할아버지는 왜 늑대 무리가 이렇게 조용한지 알 수 없었다. 늑대들의 수를 세어보기로 했다. 다 합쳐서 아홉 마리였다. 세 마리는 아주 컸고 네 마리는 눈먼 개만 했다. 나머지 두 마리는 옛날에 키우던 강아지만 했다.

셴 할아버지는 그곳에 있는 나무들과 똑같은 모습으로 서 있었다.

초록색으로 빛나는 늑대 무리의 눈동자들이 둥근 구슬처럼 허공에 걸려 있었다. 죽음 같은 적막이 검은 산맥처럼 셴 할아버지와 늑대 무리의 머리 위를 내리눌렀다. 셴 할아버지는 여전히 움직이지 않았다. 더 이상 어떤 표정이나 기척도 보이지 않았다. 늑대 무리는 할아버지가 방금 그렇게 재빨리 움직였던 이유가 바로 그 골짜기의 길목을 탈취하기 위해서였다는 것을 알아차린 것 같았다. 늙은 늑대 한 마리가 길고 울긋불긋한 울음소리를 냈다. 그러자 늑대 무리가 다시 할아버지 쪽으로 다가가기 시작했다.

셴 할아버지는 손에 든 멜대를 재빨리 앞으로 세워 들었다.

늑대 무리가 멈춰 섰다.

셴 할아버지와 늑대들은 이렇게 서로 일고여덟 걸음의 거리를 사이에 두고 대치했다. 셴 할아버지의 눈길은 황혼 직전의 마지막 빛을 빌려 세 마리 늙은 늑대 가운데 한 마리가 무리 한가운데로 걸어가는 것을 놓치지 않았다. 왼쪽 귀가 이빨 크기만큼 잘려 있고 다리를 약간 저는 녀석이었다. 셴 할아버지는 그 녀석의 몸통을 뚫어져라 응시했다. 셴 할아버지와 늑대는 그렇게 한동안 서로 양보 없는 대치를 이어갔다. 아니나 다를까, 늙은 늑대가 다시 목이 잠긴 듯한 긴 울음소리를 냈다. 늑대들이 또다시 할아버지에게로 다가섰다. 대여섯 걸음을 남겨둔 거리에서 셴 할아버지가 멜대를 들어 허공에 몇 번 휘두르다가 두 손으로 꽉 쥐고 늑대 무리의 한가운데를 겨눴다. 늑대 왕의 머리를 조준한 것이다.

늑대 무리가 또다시 멈춰 섰다.

셴 할아버지는 늑대 왕을 뚫어져라 쳐다보며 희미하게 남은 햇빛에 의지하여 늑대 무리를 훑어보았다. 아홉 마리 가운데 셴 할아버지 눈에 가장 밝은 눈빛을 보인 놈은 늙은 늑대 세 마리도 아니고 중간 크기의 네 마리도 아니었다. 잠깐 동안 맨 앞으로 나왔다가 다시 무리 한가운데로 들어간 작은 늑대 두 마리였다. 그 두 마리의 눈은 아주 투명하게 빛났다. 햇빛 아래 물색이 한 겹 덮여 있었고 그 빛과 색깔 속에는 두려움과 당혹감이 서려 있었다. 녀석들은 수시로 고개를 돌려 늑대 왕을 바라보았다. 늑대 왕 역시 시시때때로 그들만 겨우 알아들을 수 있는 울긋불긋한 울음소리를 내었다.

　황혼 직전의 마지막 빛이 물러가고 칠흑 같은 어둠이 머리 위로 내려앉았다. 늑대들의 눈은 어둠 속에서 푸른 연못 빛처럼 반짝였다. 늑대들의 몸에서 나는 비릿한 냄새가 골짜기 입구에서부터 덮쳐왔다. 쥐의 노린내와는 다른 냄새였다. 쥐의 노린내처럼 진하지도 걸쭉하지도 않았지만 매우 선명한 냄새였다.

　셴 할아버지는 옥수수 줄기를 떠올렸다. 옥수수잎에 난 반점이 지금쯤 잎 전체로 퍼졌을지 모른다는 생각이 들었다. 어쩌면 줄기까지 번졌을지도 모를 일이었다. 그래도 옥수수 줄기 속까지 퍼지지만 않았다면, 옥수수 꼭대기가 아직 파릇파릇하기만 하다면 충분히 구해낼 수 있을 것 같았다.

　그가 이런 생각을 하는 사이에 또다시 늑대 왕이 내지르는 길고 푸른 나무줄기 같은 울음소리가 들려왔다. 셴 할아버지는 몸을 부르르 떨며 눈을 질끈 감고 스스로에게 말했다.

　"눈앞에 있는 늑대 말고는 어떤 것도 생각해선 안 돼. 또다시 딴생각을 했다가는 여기서 저 늑대들 아가리에 찢겨 죽고 말 거라고."

　다행히 셴 할아버지가 딴생각하고 있는 것을 늑대들의

푸른 눈은 알아채지 못했다. 늑대 왕의 울음소리에 맞춰 늑대 무리가 또다시 앞으로 움직이자 셴 할아버지도 멜대를 휘둘렀다. 멜대가 절벽에 부딪치는 소리가 차갑게 퍼져나가자 앞으로 한 발짝 내딛던 늑대 무리는 뒤로 물러났다.

셴 할아버지와 늑대 왕의 눈빛 사이에 이처럼 숨 막히는 대치가 구름다리처럼 걸려 있었다. 셴 할아버지와 늑대가 눈을 깜빡일 때마다 이런 대치 국면은 가볍게 흔들리며 서로를 놀라게 했다. 셴 할아버지는 늑대들이 어디에 있는지 보이지 않았지만 수많은 푸른빛 구슬들이 미동도 하지 않는 것을 뚫어지게 지켜보고 있었다. 그 푸른빛 구슬이 하나라도 움직이면 셴 할아버지는 멜대를 흔들어 소리를 냄으로써 푸른빛 구슬들이 또다시 뒤로 물러서게 했다.

이런 대치 속에서도 시간은 셴 할아버지의 강한 의지를 깔아뭉개며 늙은 소가 끄는 수레처럼 소리 없이 천천히 흘러갔다. 달이 떠올랐다. 달은 늑대의 눈처럼 둥글었다. 열닷새 아니면 열엿새일 것 같았다. 시원한 바람이 솔솔 불어오자 셴 할아버지는 등에 지렁이가 기어가는 듯한 느낌을 받았다. 등에 땀이 흐르고 있다는 것을 모르지 않았다. 다리가 저리고 시큰거리는 증상이 상반신으로 번져가고 있음을 느꼈다. 이렇게 한 치의 물러섬도 없이 대치하고 있는 상태가 과거에 힘든 노동을 할 때보다 그의 체력을 몇 배는 더 빨리 소진시켰다. 셴 할아버지는 꼼짝도 하지 않고 서 있는 늑대들이 너무 힘들어 하나둘씩 땅바닥에 누워버리는 모습이 몹시 보고 싶었다. 몸을 조금씩 움직이며 뼈와 근육을 푸는 모습도 나쁘지 않을 것 같았다. 하지만 늑대들은 전혀 움직이지 않았다. 미동도 없었다.

부채꼴 대형을 이루고 있는 늑대들은 대여섯 걸음 떨어진 자리에서 여전히 할아버지를 노려보았다. 무수한 비와 바람을 견뎌낸 바위 같았다. 셴 할아버지는 늑대 무리의 눈동자가 움직일 때 나는 낮고 어지러운 잡음을 들을 수 있었다. 늑대 등의 말라비틀어진 털이 바람에 스치며 가벼운 불빛이 이는 것도 볼 수 있었다. 셴 할아버지는 속으로 생각했다. 내가 저놈들보다 더 오래 버틸 수 있을까?

셴 할아버지가 자신에게 말했다.

"죽는 한이 있어도 저놈들보다는 오래 버텨야 해."

셴 할아버지는 또 생각했다. 늑대들은 모두 발이 네 개지만 넌 두 개밖에 없잖아. 게다가 넌 일흔이 넘은 노인이라고.

셴 할아버지가 또 자신에게 말했다.

"맙소사, 이제 막 밤이 되었는데 벌써부터 다리에 쥐가 나면 너무 쉽게 늑대 아가리에 너 자신을 갖다 바치게 되지 않겠어?”

새끼 늑대 한 마리가 더 이상 버티지 못하고 늑대 왕에게 눈길 한번 돌리지 않은 채 그 자리에 누워버렸다. 이어서 다른 새끼 늑대도 따라 누워버렸다. 늑대 왕이 그런 새끼 늑대들을 바라보며 길고 붉은 울음소리를 냈다. 두 마리 새끼 늑대는 동시에 고개를 돌리며 끙끙 연한 풀잎 같은 소리를 냈다. 늑대 무리는 다시 조용해졌다. 먼저 지쳐서 누워버린 것은 새끼 늑대들이었다. 하지만 새끼 늑대들이 누워버리자 셴 할아버지도 전염이라도 된 듯이 두 다리에 힘이 빠지기 시작했다. 그는 다리를 조금 움직이고 싶었지만 다리의 근육을 있는 힘껏 위로 끌어당겨 무릎뼈 윗부분만 겨우 움직였다. 그리고는 다시 꼿꼿한 자세로 섰다.

“너도 새끼 늑대들처럼 오래 서 있지 못한다는 걸 늑대들에게 들켜서는 절대 안 돼.”

셴 할아버지가 또 자신에게 말했다.

“네가 조금이라도 지친 기색을 보이면 늑대들이 거칠고 대담하게 너에게 달려들 거야. 움직이지 않고 서 있기만 하면 넌 얼마든지 살 수 있어.”

그리고는 또 말했다.

"몸을 움직이면 넌 영원히 죽는 거야."

달이 동쪽에서 서남쪽으로 옮겨 갔다. 구름이 달 주변을 떠다녔다. 셴 할아버지는 구름의 바싹 마른 냄새를 맡고는 내일도 맑게 갠 날씨가 이어지고 해가 날 것이며 산 정상의 햇빛 무게가 적어도 5전이나 6전은 될 것이라고 예상했다. 셴 할아버지는 머리 위를 힐끗 쳐다보았다. 달과 겨우 몇십 걸음 거리로 떨어져 짙은 구름이 떠가는 모습이 보였다. 그는 구름이 저쪽으로 가면 틀림없이 구름 그림자가 이 골짜기를 잠깐 비출 것이라고 생각했다.

셴 할아버지는 나무 그루터기처럼 구름을 기다렸고 정말로 구름 그림자가 골짜기를 비췄다. 구름 그림자가 검은 비단처럼 잠깐 몸을 스치고 지나가는 순간, 그는 소리 나지 않게 두 다리를 번갈아 구부렸다. 순식간에 다리와 상체의 기혈과 맥이 통하며 생기가 몸 전체를 타고 흘러 다리와 무릎까지 전해졌다. 셴 할아버지는 잠시 구부렸던 몸을 똑바로 세우며 멜대의 갈고리가 물에 젖은 종이를 찢는 듯한 소리를 냈다. 구름 그림자가 다시 늑대 무리에게로 옮겨 가자 셴 할아버지는 거대한 반딧불이 같은 초록빛 물결이 자신을 향해 움직이는 것을 보았다.

셴 할아버지는 더 큰 소리로 고함치며 절벽 양쪽을 멜

대로 몇 번 힘껏 내리쳤다. 모래가 흘러 떨어지는 소리가 물이 흐르는 소리처럼 그의 발 주변을 맴돌았다. 그 소리가 울리는 사이 구름 그림자는 골짜기 길목을 미끄러지듯 빠져나갔다. 그 순간 셴 할아버지는 늑대 다섯 마리가 자신에게 더 가까이 다가와 있는 것을 발견했다. 겨우 너덧 걸음밖에 되지 않는 거리였다. 다행히 구름 그림자 속에서 근육을 풀어둔 덕분에 그는 힘껏 큰 소리를 낼 수 있었다. 다가오던 늑대 무리가 다시 걸음을 멈췄다. 대치는 계속되었고 셴 할아버지는 다리를 약간 구부리고 선 채로 남은 밤을 버틸 수 있었다.

셴 할아버지는 속으로 생각했다. 내 나이 일흔둘이야. 내가 건넌 다리만 해도 너희가 걸은 길보다 훨씬 길단 말이다.

또 생각했다. 내가 이곳 골짜기 길목에서 쓰러지지 않는 한, 너희는 감히 내게 다가올 생각을 하지 않는 게 좋을 거야.

또 생각했다. 늑대들은 어째서 사람이 미동도 하지 않고 서서 노려보는 걸 무서워하지?

또 생각했다. 밤이 완전히 지나려면 아직 절반은 더 남았군. 한밤중인데도 어째서 내 눈꺼풀이 뻑뻑해지지 않은 거지?

셴 할아버지가 자신에게 말했다.

"절대로 졸아서는 안 돼. 졸면 넌 끝이야. 장님이랑 옥수수가 네가 돌아오기를 기다리고 있단 말이야."

땅바닥에 누운 새끼 늑대 두 마리는 이미 눈을 감고 있었다. 셴 할아버지는 가장 빛나던 두 쌍의 푸른빛 구슬이 등이 깜빡이다 꺼지듯 빛을 잃는 것을 목격했다. 그는 멜대를 쥐고 있던 오른손을 살그머니 멜대 앞쪽을 따라 왼손에 갖다 대고는 손가락 끝으로 있는 힘껏 왼쪽 손목을 꼬집었다. 찌릿한 통증이 손목을 따라 눈꺼풀로 번져오는 것이 느껴졌다. 졸음이 불에 덴 것처럼 놀라 달아나버렸다. 눈꺼풀에 계곡의 달빛이 떨어졌다. 그제야 셴 할아버지는 손을 제자리로 옮겨왔다. 또다시 중간 크기의 늑대 한 마리가 땅바닥에 누웠다. 눈꺼풀이 영롱한 푸른빛을 덮자 몸이 축 늘어졌다. 늑대 왕이 코를 쿵쿵거리며 경고했지만 그 늑대는 눈을 게슴츠레 뜬 채 잠시 깜빡이다가 이내 눈꺼풀을 내려뜨렸다.

9

깊은 밤, 시간의 소리가 푸른빛으로 똑똑 떨어지고 있었다. 머리 위의 별들도 몇 개 줄어든 것 같았다. 달빛은 눈에 띄게 서늘하고 서글퍼졌다. 셴 할아버지는 눈꺼풀을 몇 번 깜빡거렸다. 그러고는 몰래 다리 한쪽을 들어 올려 다른 쪽 발을 밟았다. 그제야 뻣뻣했던 눈꺼풀이 다시 부드러워지기 시작했다. 머리 위의 별들과 달을 한번 올려다보고 나서야 셴 할아버지는 마침내 밤이 절반쯤 지나갔다는 사실을 알게 되었다. 남은 절반의 밤도 아주 멀리서 야경꾼의 타경 소리처럼 서서히 다가오고 있었다. 지금은 소리 내지 않고 이렇게 똑바로 서 있기만 하면 될 터였다. 존다는 것은 늑대 무리에게 굴복하는 것과 마찬가지였다.

하지만 졸음은 습기처럼 셴 할아버지에게도 내렸고 늑대 무리에게도 내렸다. 늑대 세 마리가 또 땅바닥에 누웠다. 늑대 왕이 가볍게 짜증 냈지만 늑대들이 눕는 것을 막을 방법은 없었다. 마침내 늑대 왕 하나만 남아 꼿꼿이 선 채로 대치를 이어갔다. 셴 할아버지는 늑대 눈의 푸른빛이 두 개만 남은 것을 보자 속으로 은근히 마음이 놓였다. 그는 생각했다. 저 늑대 왕마저 땅바닥에 누워버리면 그만이야. 늑대 왕이 누워버리면 나는 몰래 온몸의 근육을 움직일 수 있을 거야. 하지만 늑대 왕은 눕기는커녕 오히려 늑대 무리의 앞으로 한 발 더 걸어 나왔다. 늑대 왕이 결사의 각오를 한 것이라고 판단한 셴 할아버지는 갑자기 등줄기에 식은땀이 흐르며 오한이 났다. 몹시 두려웠다. 셴 할아버지는 골짜기 길목에서 손에 들고 있던 멜대를 무겁고 힘차게 흔들었다. 셴 할아버지가 멜대를 흔드는 사이 늙은 늑대는 걸음을 늦추며 주위를 살피더니 할아버지 앞에서 반원형으로 걸음을 옮겼다. 그러고는 다시 달빛을 밟으며 무리 한가운데로 돌아가 털썩 바닥에 드러눕더니 이내 눈을 감았다. 셴 할아버지가 꿈에도 생각지 못한 일이었다.

모든 등불이 꺼졌다.

셴 할아버지는 길게 안도의 한숨을 내쉬었다. 두 다리가 풀려 바닥에 주저앉으려는 순간, 마음속에서 덜컹하는 소리가 들려 몸을 곧추세웠다. 바로 그때 주위를 엿보려고 깜빡이던 늑대 왕의 두 눈이 슬그머니 다시 감겼다. 셴 할아버지는 잠들지 않은 채 생각했다. 늑대 왕이 내가 잠들기를 기다리고 있는 게 분명해. 그는 주변을 더듬어 긴 등나무 줄기를 하나 뽑은 다음, 자신의 붉은 베 허리띠를 풀고 멜대에서 갈고리 두 개를 떼어내어 그것들을 한데 묶어 긴 밧줄을 만들었다. 이런 일련의 움직임을 이어가면서도 셴 할아버지는 일부러 여러 가지 소리를 냈다. 그 소리들 속에서 늑대 네 마리의 눈이 할아버지를 응시하다가 일제히 다시 감겼다.

두말할 것도 없이 늑대 무리는 정말로 전부 잠이 들었다.

희고 엷은 달빛 아래 엎드려 있는 아홉 마리의 늑대는 새로 갈아엎은 땅 같았다. 비릿한 냄새가 울퉁불퉁한 땅바닥 위로 맑고 차갑게 번져갔다. 셴 할아버지는 신발을 벗고 맨발로 그 비린내 나는 땅을 밟으며 숨죽여 앞을 향해 살금살금 두 걸음을 옮겼다. 그러고 나서 밧줄을 골짜기 길목 양옆 바닥에 묶어 팽팽하게 당긴 다음, 다시 뒤로 몇 걸음 물러나 밧줄을 자신의 손목에 묶었다. 마지막으로 멜대를 짚고서 절벽에 몸을 기댔다. 탁 하는 소리와 함께 눈꺼풀이 내려앉으며 눈이 감겼다.

셴 할아버지는 그렇게 잠이 들었다.

셴 할아버지는 단잠에 빠져 만 리를 향기롭게 떠다녔다. 시간이 그의 꿈속에서 회오리바람이 부는 것처럼 지나갔다. 갑자기 손목이 끌리는 듯한 느낌에 소스라치게 놀라는 순간, 꿈도 매정하게 끊어졌다. 꿈이 끊어짐과 동시에 화들짝 눈을 뜬 셴 할아버지는 재빨리 멜대를 집어 들고 쾅 하는 소리와 함께 늑대들을 겨눴다.

마침내 희끄무레하게 날이 밝았다. 별과 달은 언제인지 모르게 흔적도 없이 사라져버렸다. 골짜기 길목은 깊은 물빛을 띠고 있었다. 셴 할아버지는 눈을 깜빡였다. 몇 발짝 앞에 매어놓았던 줄을 늑대들이 발로 밟아 끊어버린 것이 보였다. 바지 허리띠가 강물처럼 늑대 무리의 앞길을 막고 있었다. 늑대 무리는 그 끊어진 줄이 할아버지를 놀라게 해 잠을 깨웠다는 사실을 알았는지 하나같이 아쉬워하는 표정으로 서서 그의 거친 위세를 바라보았다. 할아버지의 그 뱀 같은 붉은 허리띠를 바라보고 있었다. 셴 할아버지는 늑대들의 수를 세어보았다. 바로 앞에 다섯 마리가 있었다. 나머지 네 마리는 어디로 갔는지 알 수 없었다. 게다가 늑대 왕도 보이지 않았다. 셴 할아버지는 얼굴에 냉정하게 푸른빛을 띤 채 조금도 움직이지 않고 앞을 바라보고 있었다. 하지만 속으로는 이미 집이 무너진 것처럼 가슴이 쿵 하고 내려앉은 터였다. 몹시 당황했다. 셴 할아버지는 네 마리 늑대 가운데 한 마리라도 뒤에 숨어 있다가 덮쳐오면 밤새 이어온 대치가 전부 헛수고가 되고 모든 것이 끝난다는 것을 모르지 않았다. 결국 자신 역시 완전한 죽음을 맞게 된다는 것도 잘 알고 있었다.

셴 할아버지는 힘겹게 등 뒤의 동정에 귀를 기울였다.

발바닥에 맺힌 식은땀이 신발 밑창을 축축하게 적셨다. 양발이 차갑게 고인 물을 밟고 있는 듯한 느낌이었다. 셴 할아버지는 있는 힘을 다해 늑대 왕이 중간 크기의 늑대 세 마리를 이끌고 간 곳을 확인하려 노력했다. 골짜기 입구로 눈길을 돌렸다. 금박을 얇게 입힌 듯한 엷은 은빛 햇살이 스며들고 있었다. 마침내 해가 나왔다. 셴 할아버지는 늑대들이 햇볕을 좋아하지 않는 동물이니 잠시 후 해가 이글이글 타오르기 시작하면 제 발로 왔던 곳으로 돌아갈 것이라고 생각했다. 그가 이런 생각을 하고 있을 때 어디선가 아주 진한 지린내가 풍겨왔다. 셴 할아버지가 오줌을 참지 못한 늑대들을 살피려는 순간, 갑자기 머리 위 절벽에서 후드득 흙이 떨어져 내렸다.

셴 할아버지와 늑대 무리가 동시에 고개를 들어 절벽

을 올려다보았다. 늑대 왕이 새끼 늑대 한 마리를 이끌고 바로 머리 위 골짜기 입구의 절벽 위를 걸어오고 있었다. 다시 눈길을 골짜기 반대쪽으로 옮기자 중간 크기의 늑대 두 마리가 늑대 왕과 똑같이 높은 곳에서 절벽 아래로 내려오고 있었다. 그 순간 셴 할아버지는 깨달았다. 그가 잠든 사이에 네 마리 늑대가 둘로 나뉘어 그의 등 뒤 절벽 한구석을 디디며 골짜기 바닥으로 내려오는 길을 찾아 자신을 덮치려 했던 것이다. 애석하게도 이 골짜기는 폭이 매우 좁고 절벽이 몹시 가팔라 늑대들도 하는 수 없이 왔던 길로 되돌아오고 있었다. 의기양양해진 셴 할아버지는 온몸에 햇빛처럼 왕성하게 힘이 솟았다. 바로 이때 햇빛이 쨍쨍 소리를 내면서 골짜기 안을 비추기 시작했고, 늑대 왕은 절벽 꼭대기에서 혼탁하고 힘없는 울음소리를 토해냈다. 앞에 있던 늑대 다섯 마리도 그 울음소리를 듣고는 고개를 들어 할아버지와 앞에 가로놓인 버드나무 멜대를 바라보더니 이내 몸을 돌려 골짜기 입구 쪽으로 터덜터덜 걸어갔다.

늑대 무리는 이렇게 흩어졌다.

하룻밤을 꼬박 새우며 대치하던 늑대 무리가 마침내 가버린 것이다. 늑대 무리는 멀어져가면서 고개를 돌려 할아버지를 바라보았다. 셴 할아버지는 여전히 멜대를 들고 그 자리에 말뚝처럼, 땅에 박힌 장승처럼 선 채 번득이는 눈빛으로 물러가는 늑대 무리를 응시했다. 아홉 마리의 늑대가 골짜기 입구에 한데 모여 집단으로 고개를 돌려 할아버지를 한참이나 뚫어지게 바라보다가 이내 골짜기 밖으로 벗어났다. 셴 할아버지는 그런 늑대들의 모습을 끝까지 지켜보았다. 늑대들의 발소리가 점점 멀어지더니 마침내 다 떨어져버린 가을 나뭇잎처럼 아무 소리도 나지 않았다. 두 손의 힘이 풀리자 멜대가 손에서 툭 떨어졌다. 그제야 벌레 같은 것이 다리에서 발밑으로 천천히 기어가는 것을 느꼈다. 그 창백한 색깔의 냄새는 늑대들 것이 아니라 자신의 다리에서 흘러내린 오줌 냄새였다. 늑대들에게 놀라 그가 오줌을 지린 것이었다.

셴 할아버지는 자신의 두 다리 사이에 있는 늙은 물건을 한 대 후려치며 욕을 해댔다.

"이런 쓸모없는 놈 같으니라고!"

그러고는 땅바닥에 주저앉아 편안한 자세로 한참을 쉬었다. 햇살이 점점 날카로워지자 셴 할아버지는 몸을 일으켜 멜대를 집어 들고 다시 길을 가기 시작했다. 한 걸음씩 옮길 때마다 골짜기 입구 주위를 살피며 두리번거렸다. 아주 높은 곳까지 빠짐없이 살펴보고 사방을 샅샅이 둘러보았다. 늑대 무리가 완전히 사라진 것을 확인한 셴 할아버지는 다시 멜대로 물통을 지고 길을 나섰다. 개선장군이라도 된 것처럼 마음이 가벼웠다.

10

　골짜기를 벗어난 셴 할아버지는 서쪽으로 산등성이를 올랐다. 혹시 늑대 무리가 되돌아올지도 모른다는 두려움에 먼 산비탈에서 겨우 세 번만 쉬고 바러우산맥 산길을 따라 오르막을 걸었다. 산등성이 길은 여전히 온통 홍갈색이었다. 여기저기 울퉁불퉁 솟아오른 산등성이들이 햇빛 아래서 멈춰 선 소 떼의 등처럼 보였다. 아홉 마리 늑대와의 긴 대치 상태에서 뜻밖에 풀려난 터라 셴 할아버지의 얼굴에는 은근한 희열과 흐뭇한 안도감이 찬란하게 피어올랐다. 물통을 평평한 곳에 내려놓고 숨을 돌리던 그는 저 멀리 비탈진 곳을 기어오르는 아홉 마리 늑대를 발견했다. 늑대 무리는 햇빛을 등지고 바러우산맥의 깊은 곳으로 어슬렁어슬렁 기어들어가고 있었다.

셴 할아버지가 말했다.

"염병할 놈들, 아직도 나와 싸울 생각이 있다는 게냐? 내가 누군지 알고나 그러는 게냐? 이 몸은 셴 영감이란 말이다! 너희 같은 늑대 아홉 마리쯤은 말할 것도 없고 승냥이 아홉 마리라 해도 나를 어떻게 하지 못한단 말이다!"

셴 할아버지는 늑대들이 사라진 쪽을 향해 미친 듯이 소리를 질러댔다. '가지 마, 이놈들아! 용기가 있다면 이 셴 영감이랑 하루든 이틀이든 다시 밤새 맞서보자고!'라고 말하는 것 같았다. '네놈들이 가버리면 이 샘물은 내 차지가 된다. 나와 장님과 옥수수의 차지가 된다고'라고 목소리를 낮춰 말하는 것 같았다. 셴 할아버지는 갑자기 옥수수 반점이 생각나 몸서리를 쳤다. 물통 위로 몸을 숙여 물을 들이킨 그는 배가 불룩해진 것을 느꼈다. 이제는 배도 고프지 않고 목도 마르지 않았다. 셴 할아버지는 물통을 메고 산등성이 길을 따라 바러우산 밖으로 걸어갔다.

하나뿐인 옥수수 곁으로 돌아왔을 때는 이미 오후가 되어 있었다. 셴 할아버지는 물을 구하고 늑대와 대치하느라 하루 밤낮 만에 백 살이 넘게 늙어버린 것 같았다. 몸은 바싹 마르고 성긴 수염은 하룻밤 사이에 아주 길게 자라 있었다. 바리반 비탈에 이르자 셴 할아버지는 뿌리 없는 나무처럼 쓰러질 것만 같았다. 물통을 산등성이 길가에 내려놓고 잠시 쉬고 있는 차에 눈먼 개가 눈앞에 나타났다. 눈먼 개가 내민 뜨거운 혀에는 바짝 말라 갈라 터진 상처가 가득했지만 시력을 잃은 눈구멍에는 두 개의 거무스름한 연못처럼 눈물이 고여 있었다. 개는 울고 있었다. 눈먼 개는 한 걸음 한 걸음 할아버지 앞으로 다가온 것이 아니었다. 개는 할아버지의 힘없는 발소리를 듣고 허공에 떠다니는 시원한 물 냄새를 맡으며 그 물기를 따라 산등성이를 향해 휘청거리며 달려온 것이었다. 셴 할아버지에게서 겨우 서너 걸음 떨어진 곳에 이르러 눈먼 개는 갑자기 꼼짝도 못 하고 쓰러져버렸다. 더 이상 움직이지 못했다.

"기어서라도 오려무나."

셴 할아버지가 말했다.

"장님아, 나도 더는 한 걸음도 걷지 못할 것 같구나."

눈먼 개는 기어서 두 걸음을 더 옮기고는 죽은 듯이 더 이상 움직이지 않았다. 눈두덩에 눈물만 점점 더 고여갔다.

"네가 목도 마르고 배도 고프다는 것 잘 알아."

셴 할아버지가 말했다.

"살아만 있을 수 있었으면 그걸로 된 거야."

눈먼 개는 아무런 소리도 내지 않고 보이지 않는 눈으로 해를 바라보았다.

셴 할아버지가 마음속으로 몸서리를 치며 다급히 물었다.

"옥수수는 죽은 게냐?"

눈먼 개가 고개를 숙이자 두 눈에 가득 고여 있던 눈물이 또르르 산등성이 길 위로 떨어졌다.

셴 할아버지는 멜대를 짚고 휘청거리는 걸음으로 발아래 나뒹구는 흙먼지를 발로 차며 옥수수가 있는 곳으로 다가갔다. 움막 가까이 이르자 마음속에서 쿵 하는 소리가 들렸다. 가혹한 뙤약볕에 옥수수잎은 더 이상 초록빛을 띠지 않았다. 원래 청백색이던 잎맥마저 바짝 말라 누런빛으로 타들어가고 있었다. 끝났군. 그는 결국 옥수수가 죽었다고 생각했다. 자신이 물을 너무 늦게 길어 오는 바람에 옥수수를 살리지 못했다는 자책감이 들었다. 셴 할아버지가 스스로에게 말했다.

"네가 밤새 맞서 그 늑대 무리를 굴복시켰던 게 아니야. 옥수수가 죽은 걸 알고서 고개를 돌려 가버렸던 늑대 무리는 애당초 너 셴 영감을 잡아먹을 생각조차 없었어. 늑대들이 너와 밤새 대치한 것은 이 옥수수를 죽게 하기 위해서였다고!"

늙은 비통함이 빗물처럼 셴 할아버지의 온몸을 적셨다. 한순간 온몸이 처절하게 무너지며 진흙처럼 멜대를 타고 밭으로 흘러내려 꼼짝달싹하지 못했다. 하지만 땅바닥에 쓰러지는 순간 옥수수의 맨 꼭대기 부분이 그의 눈을 스쳤다. 꼭대기 부분에 말려 있는 마른 잎 가운데 한 방울의 초록빛이 쾅 하고 셴 할아버지의 눈길에 부딪친 것이다.

셴 할아버지는 곧장 멜대를 내던지고 옥수수 줄기 앞으로 다가갔다. 옥수수 머리의 순이 아직 살아 있었다. 타는 듯한 햇볕 아래서 옅은 녹색을 유지하고 있었다. 잎을 들춰보니 잎사귀 뒷면의 상당 부분이 비단처럼 얇은 녹색을 띠고 있고 작은 반점들이 별처럼 잎새 틈새에 퍼져 있었다. 활처럼 휘어진 잎맥에도 한 오라기의 물줄기가 아주 천천히 올라오고 있었다.

셴 할아버지는 잰걸음으로 산등성이를 향했다.

셴 할아버지는 몇 걸음 가다가 몸을 돌려 사발을 하나 집어 들었다. 산등성이에 도착한 그는 물 한 사발을 떠서 눈먼 개의 입 앞에 놓아주며 말했다.

"옥수수가 아직 살아 있구나. 물을 다 마시거든 사발을 가지고 돌아오너라."

그러고는 물 한 통을 들고 옥수수가 있는 곳으로 돌아왔다. 셴 할아버지는 물통에 엎드려 물을 한 입 머금고는 옥수수의 끝부분을 자신의 입 가까이 끌어당겨 비를 뿌리듯 초록빛 위로 뿜어냈다. 한순간 누렇게 타는 햇볕 아래서 초록빛이 촉촉하게 퍼져나갔다. 빨갛게 달궈진 철판 같은 햇볕 위로 셴 할아버지가 내뿜는 물방울이 흩어져 떨어지자 치지직 하얗게 타는 소리가 울려 퍼졌다. 그 물방울이 밭에 닿기도 전에 햇볕이 모조리 꿀떡 삼켜버렸다. 셴 할아버지는 옥수수에 잇달아 일곱 번이나 물을 뿜었다. 폭우가 이레 밤낮으로 쏟아진 것처럼 옥수수 꼭대기가 충분히 씻기고 원래 흐릿하기만 하던 연두색 잎에 짙은 초록빛이 돌고 나서야 그는 물통을 옥수수 줄기 밑으로 가져가 사발로 물을 퍼서 옥수수 잎사귀를 하나하나 닦아주었다.

셴 할아버지는 닦으려는 잎사귀 아래 사발을 놓아 손으로 뿌린 물이 그 안으로 떨어지게 했다. 더 이상 물을 받을 수 없게 되면 사발에 찬 물을 다시 물통에 부을 요량이었다. 똑똑 물 떨어지는 소리가 음악처럼 굵고 건장한 빛발 위로 울려 퍼졌다. 셴 할아버지는 이쪽 잎을 다 닦으면 자리를 옮겨 저쪽 잎을 닦았다. 네 번째 잎을 닦고 있을 때 눈먼 개가 사발을 물고 산등성이에서 돌아왔다. 눈먼 개는 사발을 움막 아래 내려놓고는 할아버지의 발치로 다가왔다. 셴 할아버지가 말했다.

"물 더 마실래? 샘이 있으니까 마음 놓고 마셔도 될 게다."

눈먼 개는 할아버지를 향해 고개를 가로젓고는 앞발로 옥수수잎을 어루만졌다. 셴 할아버지가 말했다.

"잎사귀들이 아직 다 살아 있어. 이제 마음을 놓아도 될 것 같구나."

눈먼 개는 할아버지의 발치에서 긴 한숨을 내쉬고는 바닥에 엎드렸다. 얼굴의 표정이 무척 부드럽고 편안했다.

다시 물을 뜨러 가다가 셴 할아버지는 눈먼 개의 꼬리 뒤에서 썩은 가지처럼 거무스레한 물건을 발견했다. 가까이 가서 살펴보니 그것은 마른 대추처럼 붉은빛이었다. 발로 툭 차보니 죽은 쥐였다. 몸을 돌려 둘러보니 갈대 돗자리 울타리 안쪽에도 죽은 쥐 몇 마리가 널브러져 있었다. 다시 울타리 바깥쪽을 살펴보니 그쪽에도 죽은 쥐 일고여덟 마리가 어지럽게 나뒹굴고 있었다. 쥐는 하나같이 대추 껍질처럼 붉은 빛이었고 날카로운 이에 물려 몸에 구멍이 나 있었다. 두말할 것도 없이 눈먼 개가 물어 죽인 것이었다. 셴 할아버지가 눈먼 개를 불러 물었다.

"네가 그랬느냐?"

눈먼 개는 할아버지의 손을 물고는 옥수수 뿌리 쪽으로 끌어당겼다. 옥수수 뿌리 부분에 쥐에게 물린 상처가 있었다. 상처에서 흘러나온 즙액이 햇빛에 말라 푸른빛과 누런빛이 섞인 덩어리로 물방울처럼 맺혀 있었다. 셴 할아버지는 옥수수에 난 상처 앞에 앉아 손으로 마른 즙액 덩어리를 어루만지다가 눈먼 개의 머리를 쓰다듬어주며 말했다.

"장님아, 내가 너에게 정말 큰 신세를 졌구나. 다음 생에 내가 동물로 환생한다면 반드시 너로 태어날 테니 너는 꼭 사람으로 환생하도록 해라. 어린아이 시절 내 모습으로 태어나도 좋겠지. 그러면 내가 널 평생 편안하게 지켜주마."

눈먼 개의 눈두덩이 다시 촉촉해졌다. 셴 할아버지는 개의 눈두덩을 닦아주고는 깨끗한 물을 한 사발 떠서 개 입 앞에 놓아주며 말했다.

"어서 마시거라. 충분히 마셔둬야 해. 앞으로 내가 물을 길어 오는 동안 넌 옥수수를 지키도록 해라."

마침내 옥수수가 다시 살아났다. 셴 할아버지는 사흘 내내 매일 물을 한 통씩 길어다가 옥수수를 흠뻑 적셔주었다. 사흘이 지난 이른 아침에 셴 할아버지는 옥수수 윗부분

전체가 초록빛을 띠고 있는 것을 보았다. 잎사귀마다 초록빛이 뒷면에서 앞면으로 스며들고 있었다. 물 한 방울이 휴지에 떨어진 것처럼 퍼져가면서 그 초록빛이 점점 조여오자 반점은 서서히 줄어들었다. 또 며칠이 지나자 산등성이 길에서 바라보아도 옥수수가 온통 초록빛을 띠고서 햇빛 속에서도 외롭지만 꿋꿋하게 서서 바람에 흔들렸다.

그러는 사이에 셴 할아버지와 눈먼 개의 양식이 바닥나고 말았다. 하루에 묽은 죽 반 그릇을 먹을 수 있던 세월마저 끝나고 만 것이다. 아무것도 먹지 않은 첫째 날에는 그래도 샘물을 반쯤 담은 물 두 통을 40리 밖에서 흔들거리며 메고 돌아올 수 있었다. 둘째 날에는 물통을 메고 산등성이에 오르는 도중에 갑자기 눈앞이 빙빙 돌면서 어지럽고 정신이 흐려져 자기 다리에 걸려 넘어질 정도로 비틀거렸다. 셴 할아버지는 더 이상 물을 길으러 갈 수 없다는 것을 깨닫고는 산등성이에서 돌아와 냉수를 배가 터지도록 마셨다. 셋째 날이 되자 셴 할아버지는 움막 기둥에 몸을 기댄 채 어김없이 떠오르는 해를 바라보았다. 아직 숨지 않은 초승달도 보였다. 날카로운 햇빛이 탁탁 소리를 내며 지면을 달구고 있었다. 셴 할아버지가 눈먼 개를 품에 안고 말했다.

"장님아, 그만 자거라. 잠을 자다 보면 꿈길에서라도 허기를 채울 수 있을 게야."

하지만 햇빛이 강하게 내리쪼여 얼굴이 새까맣게 타는 냄새가 날 지경이라 잠들 수 없었다. 셴 할아버지는 결국 또 냉수 반 사발을 들이켜 허기를 채워야 했다. 그러자 소변을 참을 수 없었다. 소변을 보고 나니 훨씬 더 배가 고팠다. 여러 번 반복해서 물만 마시다 보니 솥에 담아놓은 물도 한 사발 남짓밖에 남지 않았다.

셴 할아버지가 말했다.

"저건 마시면 안 돼. 저 물은 옥수수가 먹을 식량이란 말이다."

정수리까지 올라온 햇빛의 무게는 5전이나 됐다.

셴 할아버지가 말했다.

"염병할 햇빛 같으니라고!"

이내 5전 반으로 늘어난 햇빛이 둔중하게 머리 위를 내리눌렀다.

셴 할아버지가 말했다.

"장님아, 더 버틸 수 있겠느냐?"

해는 이제 거의 6전이 되어 있었다. 셴 할아버지가 눈먼 개의 배를 손으로 문질러보았다. 진흙탕처럼 말랑말랑했다.

셴 할아버지가 말했다.

“나보다 더 살이 없구나. 정말 미안하다, 장님아!”

이어서 자기 뱃가죽을 만져보니 역시 종잇장처럼 얇았다.

셴 할아버지가 말했다.

“제발 잠깐만이라도 잠 좀 자려무나. 자고 일어나면 먹을 게 생길 거야.”

눈먼 개는 할아버지의 발치에 엎드려 아무 말도 하지 않았다. 개의 털은 가늘고 길었다. 나무의 가장귀처럼 털끝이 몇 가닥으로 갈라져 있었다. 셴 할아버지는 있는 힘을 다해 잠을 자려고 애썼다. 눈을 감을 때마다 뱃속에서 꼬르륵 소리가 우렁차게 울렸다. 하루를 또 이렇게 버티다가 해가 남의 장단에 놀아나듯 서산으로 미끄러져 갈 무렵에야 셴 할아버지는 비로소 잠이 들었다. 눈을 떴을 때는 얼굴에 찬란한 웃음기가 희미하게 서려 있었다. 그는 움막 기둥을 붙잡고 일어나 서쪽으로 지는 석양을 바라보며 햇빛의 무게가 4전도 안 되게 떨어졌을 것이라고 짐작했다. 셴 할아버지가 해에게 물었다.

“네가 날 이길 수 있을 것 같으냐? 내가 누군지 알아? 나 셴 영감이야.”

셴 할아버지는 석양을 향해 오줌 몇 방울을 누면서 고

개를 돌려 땅바닥에 엎드려 있는 눈먼 개에게 말했다.

"장님아, 그만 일어나가라. 내가 말했지? 자고 일어나면 먹을 게 생길 거라고 말이야. 정말로 먹을 게 생기지 않았느냐?"

눈먼 개는 있는 힘을 다해 몸을 일으켰다. 땅에 눌려 있던 털이 지저분하게 마구 말려 있었다. 불에 그슬리는 듯한 냄새가 풍겼다.

셴 할아버지가 말했다.

"우리가 뭘 먹게 되는지 맞혀보거라."

눈먼 개는 할아버지를 바라보며 얼굴 가득 멍한 표정을 지었다.

셴 할아버지가 말했다.

"말해주지. 우리는 고기를 먹게 될 거야."

눈먼 개는 고개를 들고 휑한 눈으로 할아버지를 바라보았다.

셴 할아버지가 또 말했다.

"정말로 고기를 먹을 거라니까."

이 한마디가 끝나는 순간 서쪽 산맥에 걸린 해가 우웩 소리를 내며 냉소 짓고는 산 아래로 사라졌다. 눈 깜짝할 사이에 작열하던 더위의 기세가 꺾이고 산등성이에서 비단실처럼 가늘고 푸른 바람이 불어왔다. 제법 시원한 바람이었다. 셴 할아버지는 부뚜막 옆에서 쇠 삽을 가져다가 밭머리에 나무를 심기라도 할 것처럼 둥글고 납작하게 다섯 치 정도 깊이로 구덩이를 팠다. 구덩이의 벽면은 바위 벼랑처럼 가파르게 마무리했다. 그런 다음 불을 지피고 물을 조금 끓인 뒤, 옥수수자루에서 옥수숫가루 부스러기를 긁어모아 끓는 물에 넣고는 막 휘저어 죽을 만들었다. 그러고는 사발에 담아 흙구덩이 안쪽에 내려놓았다. 막 황혼이 지기 시작했다. 산등성이는 서둘러 다가오는 어두운 밤의 발소리가 들릴 정도로 고요했다. 골짜기 아래에서 넘쳐흘러 올라오는 축축하고 시원한 청량감이 안개처럼 셴 할아버지와 눈먼 개를 에워쌌다. 할아버지와 개는 멀리 움막 아래 앉아서 구덩이 쪽의 동정을 엿듣고 있었다. 황혼이 내린 뒤의 밤 풍경이 새까만 논밭처럼 이들을 가려주었다.

셴 할아버지가 물었다.

"네가 보기에는 쥐들이 저 구덩이 안으로 뛰어들 것 같으냐?"

눈먼 개는 귀를 땅바닥에 붙인 채 숨을 죽이고 있었다.

달빛이 지면을 비추자 산등성이의 땅바닥은 물 같은 달빛에 젖었다. 그윽한 고요함 속에서 눈먼 개는 과연 쥐가 달

빛 걷어차는 소리를 들었다. 셴 할아버지가 흙구덩이로 살금
살금 다가가보니 쥐 세 마리가 구덩이 안에서 죽사발을 두고
말 울음소리와 검이 부딪치는 소리를 내며 싸우고 있었다. 재
빨리 이불로 흙구덩이 입구를 덮자 당황한 쥐 세 마리는 어
쩔 줄 몰라 이리저리 날뛰었다.

셴 할아버지와 눈먼 개는 이날 밤 쥐 열세 마리를 잡아
달빛을 빌려 가죽을 벗기고 삶았다. 할아버지와 개는 향긋하
면서도 비릿한 냄새가 사방에 가득하도록 실컷 고기를 먹었
다. 그러고는 날이 밝기 전에 잠이 들었다. 해가 중천에 뜨자
잠에서 깬 셴 할아버지는 쥐 가죽을 전부 골짜기에 내다 버
리고는 그길로 물통을 메고 40리 밖에 있는 샘물터로 갔다.

11

셴 할아버지와 눈먼 개는 그 뒤로도 아주 긴 세월을 평온하고 태평하게 지냈다. 시간 속에 아무런 기복이 없었다. 할아버지와 개는 밭 가운데에 수십 개의 흙구덩이를 팠다. 하나같이 항아리 모양이었다. 주둥이는 작고 배는 불룩하며 벽은 높아 일단 쥐가 뛰어들었다 하면 다시 기어 올라올 수 없었다. 셴 할아버지는 매일 밤 밭에서 구해 온 십여 개의 옥수수 알갱이를 빻아 황금빛 냄새가 사방의 벌판으로 퍼져나갈 때까지 죽을 끓였다. 그런 다음 옥수수죽을 흙구덩이 안에 넣어두고 편안한 마음으로 움막으로 가서 서늘한 바람을 쐬며 잠을 잤다. 이튿날이면 어김없이 몇 마리 또는 열 몇 마리의 쥐들이 흙구덩이 안에서 창백한 표정으로 찍찍 슬피 울어댔다.

하루이틀 치 식량이 생기면 셴 할아버지는 격일로 샘에 가서 물을 길어 돌아왔다. 세월은 풍랑 없는 강물처럼 평온하게 흘러갔다. 갈대 돗자리 울타리 안에서 싱싱하게 살아 있는 옥수수 줄기는 마침내 온갖 위험을 무릅쓰고 버텨낸 끝에, 보름이 지나자 허리 부분이 갑자기 불룩해지더니 엄지손가락만 한 열매 하나가 올라왔다. 할 일이 없어진 셴 할아버지는 종일 그 열매 앞에서 눈먼 개를 상대로 이야기를 이어갔다.

셴 할아버지가 말했다.

"장님아, 내일이면 저 열매가 밀방망이만큼 자라지 않겠니?"

눈먼 개는 즐거워하는 할아버지를 보며 혀로 그의 다리를 간지럽게 핥아댔다. 셴 할아버지가 눈먼 개의 등을 쓰다듬으며 말했다.

"옥수수는 일단 열매가 맺히면 가을에 완전히 익을 때까지 한 달 하고도 열흘이 걸리는데 어떻게 하룻밤 사이에 다 자라겠느냐?"

며칠 후 셴 할아버지가 말했다.

"장님아, 어째서 이 열매는 아직도 굵기가 손가락 두께 정도밖에 안 되는 게냐?"

눈먼 개가 가서 옥수수 열매를 살펴보았다.

셴 할아버지가 또 말했다.

"너는 장님인데 어떻게 볼 수 있단 말이냐. 이 열매는 이미 아주 오래전에 내 엄지손가락만 해졌어."

어느 날 물을 길어 돌아온 셴 할아버지는 옥수수에게 물을 주고 나서 하릴없이 밭에서 호미질을 하다가 갑자기 옥수수 열매가 수염을 토해내고 있는 것을 발견했다. 분칠한 우윳빛으로 열매 끝에 보슬보슬하게 튀어나와 있는 옥수수수염은 갓난아기의 배냇머리 같았다. 셴 할아버지는 옥수수 열매 앞에 잠시 멍하니 서 있다가 자신도 모르게 웃음을 터뜨리며 말했다.

"가을이 되면 금방 익겠어. 장님아, 봤느냐? 가을이 되자마자 옥수수가 다 익을 것 같구나."

셴 할아버지가 눈먼 개의 반응을 기다리지도 않고 고개를 돌려보니 개는 도랑에서 어제 벗겨 내다 버린 쥐 가죽을 씹어 먹고 있었다. 세상에 가득한 뜨거운 악취와 땅바닥에 흩날리는 쥐 털을 씹고 있었다. 셴 할아버지가 말했다.

"더럽지 않니, 장님아?"

눈먼 개는 아무 말 없이 쥐 구덩이가 있는 쪽으로 걸어 갔다. 개를 따라 쥐 구덩이 쪽으로 다가간 셴 할아버지는 쿵 하고 가슴이 내려앉았다. 쥐 구덩이에는 작은 쥐 한 마리밖 에 없었던 것이다. 지난 보름을 통틀어 이렇게 적게 들어 있 던 적은 없었다. 그저께는 다섯 마리, 어제는 네 마리였는데 오늘은 단 한 마리밖에 없었다. 그날 셴 할아버지는 산등성 이 다른 곳에 쥐 구덩이를 몇 개 더 파고, 구덩이마다 옥수숫 가루를 넣어두었다. 이튿날 아침 일찍 구덩이로 쥐를 잡으러 갔지만 쥐 구덩이 절반은 비어 있었고 나머지 구덩이들 역시 겨우 한두 마리밖에 들어 있지 않았다.

더 이상 어떤 구덩이에도 몇 마리, 심지어 열 몇 마리씩 쥐가 뛰어드는 상황은 일어나지 않았다. 쥐도 풍성하고 물도 충분했던 보름의 나날이 지나갔다. 잡아먹을 쥐를 구하지 못 하는 날이 계속되자 셴 할아버지는 혼자 산등성이로 올라가 저울로 나날이 늘어나는 햇빛의 무게를 잰 다음, 혼자 산꼭 대기에 서서 날카롭고 잔인한 햇빛을 바라보며 문득 한 가닥 가느다란 놀라움과 두려움을 느꼈다. 이런 느낌은 싹이 트자 마자 삼시간에 거대한 수풀을 이루었고, 이내 온 천지를 뒤덮 을 정도로 창궐했다. 셴 할아버지는 쥐 한 마리를 잡아가지 고 돌아와 가죽을 벗겨 삶은 다음 이를 삼베로 쌌다. 그리고

142

는 눈먼 개의 머리를 가볍게 몇 번 토닥여주고, 개에게 밭을 지키게 하고는 자신은 길을 나섰다.

길이 보이는 대로 걷고 굽은 길이 나오면 방향을 바꾸며 멍하니 한참을 걸어갔다. 마을 다섯 군데를 돌다가 마지막으로 가장 높은 산등성이에 이르러 셴 할아버지는 해를 마주 보고 한참을 서 있었다. 손으로 해를 들어 올려 무게를 잰 그는 긴 한숨을 내쉬고는 절벽 아래 응달로 가서 또 한참을 앉아서 쉬었다. 이 흙 절벽은 몹시 가팔라서 햇볕이 내리쬐는 흙 알갱이를 떠받들지 못했다. 이따금 절벽에서 흙이 빗방울처럼 떨어졌다. 눈앞의 비탈진 밭에는 말라 갈라진 틈새가 그물을 이루고 있었다. 먼 곳을 바라다보니 구불구불한 산등성이가 크고 작은 불꽃처럼 끝없는 불의 땅을 이루어 반짝거리며 이글이글 타오르고 있었다. 아주 잠시 눈길을 던졌을 뿐인데 눈가가 아플 정도로 뜨거웠다.

누런빛으로 달궈진 절벽 그늘 아래 잠시 앉아 있던 셴 할아버지는 주머니에서 삼베로 싼 것을 꺼내 풀어보았다. 원래 연하고 신선했던 쥐 고기 덩어리는 삶았을 때까지만 해도 붉고 밝은 빛을 띠어 붉은 무를 반으로 자른 것 같았는데, 고작 반나절 만에 거무튀튀한 흙탕물색으로 변해 있었다. 셴 할아버지는 쥐 고기를 코 밑으로 가져다 냄새를 맡아보았다. 맛있는 냄새는 전혀 남아 있지 않았고, 회색빛 비린내 속에 옅은 흰색 곰팡이의 악취만 남아 있었다. 셴 할아버지는 반나절이나 산길을 걸은 터라 정말이지 단 한 치의 인내심도 남아 있지 않았다. 죽도록 배가 고팠다. 다리 부분을 찢어 입에 넣으려는 순간 고기에서 하얗게 빛나는 알갱이를 발견했다. 쌀알만 한 알갱이들이 꿈틀대며 움직이고 있었다. 그는 몸을 덜덜 떨며 얼른 쥐 고기를 내던지고 싶었지만 쳐들었던 손을 다시 거둬들이고 말았다.

셴 할아버지는 눈을 감고 크게 입을 벌린 다음, 쥐의 머리를 통째로 집어넣고 3분의 2 정도를 베어 물고는 있는 힘껏 몇 번 씹어 황급히 뱃속으로 삼켜버렸다. 이런 식으로 남은 쥐 고기를 단숨에 다 먹어치웠다.

다시 눈을 뜬 셴 할아버지는 눈앞의 타는 듯한 땅바닥 위에 반들반들한 구더기 두 마리가 떨어져 있는 것을 발견했다. 구더기들은 눈 깜짝할 사이에 그 자리에서 그대로 말라버렸다.

셴 할아버지는 해 질 녘의 어둠을 뒤집어쓰고 밭으로 돌아왔다. 그날 밤 그는 옥수수 곁에 앉아 밤새도록 잠을 자지 않았다. 너무나 친근한 눈먼 개도 오래도록 말없이 할아버지 곁을 지켰다. 셴 할아버지는 하늘을 바라보다가 열매의 술이 붉게 변한 옥수수 살펴보기를 반복했다.

날 샐 무렵이 되자 셴 할아버지는 자리에서 벌떡 일어나 막 동이 터오는 새벽녘의 맑은 빛을 밟으며 혼자 마을을 향해 걸어갔다. 산맥 위의 세상이 끝없이 광활하고 적막해진 것이 선명하게 느껴졌다. 눈먼 개는 할아버지 뒤를 쫓아 산등성이 쪽으로 몇 걸음 따라갔다가 다시 돌아와 옥수수를 지키며 할아버지를 기다렸다.

셴 할아버지는 오후가 되어서야 돌아왔다. 그는 마을에서 구한 진한 홍갈색 커다란 물 항아리를 굴리며 돌아왔다. 항아리를 옥수수 옆에 세워놓고 산등성이에서 커다란 쥐 한 마리를 잡아 와 손으로 쥐의 목을 누른 뒤 움막 아래로 가져가 식칼로 베어 죽였다. 그런 다음 쥐의 피를 그릇에 한 방울씩 떨어뜨렸다. 이어서 쥐 가죽을 장님에게 먹이고 자신은 쥐의 피를 끓이고 고기를 삶아 피는 먹고 고기는 잘 싸서 물통을 메고 다시 길을 나섰다.

셴 할아버지는 물을 길어 물독을 가득 채울 생각이었다. 셈해보니 사방 천지에 파놓은 서른 몇 개의 쥐 구덩이에 먹을 수 있는 쥐가 모두 합쳐 아홉 마리밖에 남아 있지 않았다. 셴 할아버지와 눈먼 개가 하루에 겨우 한 마리씩만 먹는다 해도 아흐레 뒤에는 결국 식량이 다 떨어지게 되는 셈이었다. 모든 밭에 몇 달 전 마을 사람들이 심었던 종자가 하나도 남아 있지 않았고, 마을 전체를 통틀어 먹을 수 있는 곡식이나 채소는 눈곱만큼도 남아 있지 않았다. 이제 막 가을이 여무는 계절이라 햇빛의 무게는 하루에 1전씩 늘어나고 있었다. 이때 옥수수에게 가장 필요한 것이 영양분과 수분이었다. 셴 할아버지는 반드시 아흐레 안에 항아리에 물을 가득 채워야 했다. 그때가 되면 자신과 장님은 앉아서 굶어 죽는다 해도 옥수수는 물기가 넘치고 기름진 열매 하나를 만들어낼 수 있을 것이었다.

셴 할아버지는 혼자서 흙먼지가 두껍게 쌓인 산등성이 길을 걸었다. 날카로운 빛발이 한 다발씩 그의 몸을 때렸다. 셴 할아버지는 수염 타는 냄새를 맡으며 쥐 고기를 물통에 넣고 밀짚모자로 덮은 다음, 이마에서 땀이 흘러내리자 손가락으로 훑어 모아 혀로 핥았다. 이어서 무릎에서 땀이 흐르는 것이 느껴지자 그 자리에 쭈그리고 앉아 무릎의 땀을 뱃속으로 빨아들였다. 그는 몸 안에 있는 물이 헛되이 햇빛 속으로 날아가지 않게 하려고 몸부림쳤다. 다행히 셴 할아버지는 매일 날이 밝기 전에 물통을 지고 북쪽으로 가서 해가 하늘 꼭대기로 올라갈 때쯤 땀투성이가 되어 샘물에서 오륙 리 정도 떨어진 곳에 이르렀다. 셴 할아버지는 샘물에서 오륙 리 떨어진 이 지점에서만 자신의 땀을 빨아 마셨다.

해가 중천에 이르러서야 셴 할아버지는 샘물가에 도착했다. 샘물로 배를 가득 채우고 쥐 고기까지 먹은 그는 다시 물통을 메고 산비탈을 기어올랐다. 그러다가 목이 마르면 물통 위로 엎드려 허겁지겁 물을 마셨다. 이때 해의 무게는 한 냥이 채 안 되는 8전이나 9전쯤 되는 것 같았다. 이따금 땀이 줄줄 흘러내리는 소리를 듣곤 했다. 이때 셴 할아버지는 해를 원망하지도, 가뭄을 탓하지도 않았다. 단지 두 다리가 떨리는 순간에도 쉬지 않고 자신에게 물었다.

"내가 늙은 건가? 일흔이 넘은 마을 영감들 중에 아직 여자와 아이 낳는 일을 할 수 있는 사람들도 있는데, 나는 어째서 물통 하나도 제대로 지지 못한단 말인가?"

하지만 두 다리가 너무 떨려 계속 걸을 수 없는 지경이 되면 하는 수 없이 물통을 내려놓고 한숨 돌리며 쉬다가 물통 위에 엎드려 배가 불룩해지도록 물을 마셔야 했다. 셴 할아버지가 셈해보니 멜대로 한 번 물을 나를 때마다 40리 길을 걷는 동안 스무 번 남짓 물을 마셔야 했다. 때로는 서른 번 넘게 물을 마시기도 했다. 쉴 때마다 물을 마셔야 했고 물을 마시고 나면 쉬지 않고 땀을 흘렸다. 땀을 흘리고 나면 또 물을 마셔야 했다. 너무 자주 쉬고, 쉴 때마다 물을 마시다

보니 두 통의 물을 지고 출발했지만 도착할 때는 항상 한 통밖에 남지 않았다.

이제 항아리에는 물이 3분의 1 정도 찼다. 하지만 셴 할아버지는 밭에 있는 쥐를 닷새 만에 다섯 마리나 먹어버렸다. 남은 네 마리는 이날 이후 나흘 치 양식이었다. 옥수수는 햇빛 아래서 먹처럼 짙푸르게 자라났고 옥수수수염이 붉게 물든 뒤로 성장을 멈춘 듯했다. 옥수수 열매는 가느다란 무 같은 크기로 두꺼워졌지만 수염은 더 이상 까맣게 변할 생각이 없는 것 같았다. 꼭대기가 누렇게 마를 기색도 전혀 보이지 않았다. 꼭대기가 누렇게 마르지 않고 수염이 검어지지 않은 걸 보니 옥수수가 익으려면 아직도 먼 것 같았다.

황혼 무렵 산과 들판은 온통 걸쭉한 피로 물들었다. 셴 할아버지는 그 걸쭉한 피 속에서 몸이 익어가는 줄도 모른 채 무성하게 푸른 옥수수 열매를 만져보았다. 부드러운 감촉에 그는 마음속으로 한 가닥 한기를 느꼈다. 언제쯤에야 완전히 익을까? 지금의 성장 속도로 보면 적어도 스무 날에서 한 달은 더 있어야 할 것 같았다. 셴 할아버지는 날짜를 꼽아보았다. 마을 사람들이 전부 마을을 떠난 때부터 지금까지 거의 넉 달이 지났다. 옥수수가 익는 데는 대게 넉 달 반이 걸리는데 이 옥수수는 익는 기간이 끝없이 길어져 셴 할아버지에게 흐릿한 근심을 안겨주었다.

셴 할아버지가 눈먼 개를 데리고 쥐 구덩이를 전부 돌아봤지만 쥐는 한 마리도 늘어나지 않았다. 그는 산등성이에서 바람이 부는 쪽으로 머리를 두고 길가에 드러누웠다. 땅바닥의 홍갈색 뜨거운 열기가 등을 타고 온몸으로 스며들어 몸속을 터벅터벅 돌아다녔다. 셴 할아버지 곁에 엎드려 있는 눈먼 개는 일어날 힘도 없을 만큼 말라 있었다. 구덩이 안에서 배고파 울부짖는 쥐 한 마리의 연약하고 가냘픈 소리가 맥없이 들려와 산이 무너지고 바다가 포효하는 것 같은 할아버지와 개의 식욕을 자극했다.

눈먼 개는 쥐 울음소리가 나는 쪽으로 고개를 돌리고는 꼼짝도 하지 않았다. 셴 할아버지는 하늘을 뚫어져라 쳐다보며 여전히 오랜 침묵을 이어갔다.

한참 뒤 셴 할아버지가 몸을 뒤집어 산맥을 향해 깜짝 놀랄 정도로 큰 소리로 인기척을 내자 눈먼 개는 드디어 할아버지가 입을 열어 뭔가 말하려는 줄 알고 황급히 고개를 돌렸다. 하지만 셴 할아버지는 몸을 일으키자마자 그대로 가버렸다. 밭으로 돌아간 셴 할아버지는 잠자코 옥수수 열매가 딱딱해졌는지 만져보기만 했다. 그러고는 알아들을 수 없는 말 한마디를 혼탁하게 중얼거리고는 달빛을 머리에 이고서 물통을 메고 북쪽으로 갔다.

셴 할아버지는 또 밤새 물을 길어 왔다. 이번에는 물을 한 모금도 마시지 않아 두 통이 가득 채워져 있었다. 항아리 안에 물 한 통 반을 붓고 남은 반 통을 사발로 몇 번 떠서 옥수수 줄기 아래 뿌려준 셴 할아버지는 눈먼 개가 목마를 때 마실 수 있도록 대야에도 물을 몇 사발 따라두었다. 이어서 그는 쥐 한 마리를 삶아 잘 챙기고는 또다시 물통을 메고 길을 떠났다.

사흘 동안 셴 할아버지는 밤중에 물을 두 통 길어 오고 낮에 또 한 통을 길어 와 항아리를 가득 채웠다.

셴 할아버지는 아직 몸에 기운이 남아 있고 구덩이에 쥐 한 마리가 남아 있는 때를 놓치지 않고 마지막으로 샘에 물을 길으러 갔다. 이번에 길어 올 물은 자신과 장님에게 여러 날 동안 허기를 달래주고 갈증을 견딜 수 있게 해줄 물이었다. 셴 할아버지는 비가 내릴 것을 기대하지 않았지만 가을에 곡식이 익어가는 시기가 올 때까지는 버틸 수 있을 것이라고, 마침내 옥수수 열매를 딸 수 있을 것이라고 기대했다.

어린 옥수수가 자라 가을이 되어 다 익은 열매를 딸 때가 되면 황금빛 방망이가 된다. 옥수수 열매는 한 줄에 서른

다섯 알이 맺히고 한 바퀴가 스물세 줄이나 됐다. 옥수수 방망이 하나에 수백 알, 많으면 거의 천 알에 가까운 종자가 생기는 셈이었다. 넉 달 반의 시간이 지났으니 어쨌든 가을철 곡식이 익어가는 시기가 하루하루 다가오는 셈이었다. 오후가 되자 셴 할아버지는 옥수수에서 쫄깃쫄깃하고 누르스름하게 잘 익은 열매의 향기를 맡을 수 있었다. 한밤중이 되자 그 향기는 참기름처럼 순정하게 풍겨와 고치실처럼 밭 가득 내려앉았다.

셴 할아버지는 달이 하늘 한가운데 걸려 있을 때 마지막으로 물을 길으러 갔다가 이튿날 오후가 되어서야 돌아왔다. 오는 길 내내 마흔한 번 물을 마셨다. 길어 온 물의 절반을 마신 것이다. 남은 물 절반을 지고 산등성이 어귀 밭에 이르러서는 날이 저물 때까지 줄곧 앉아서 쉬었다. 그는 기력이 없어 이 절반의 물을 메고 움막 아래에 있는 물 항아리까지 갈 수 없을 것 같다는 생각이 들자 마지막 남은 쥐 한 마리를 삶아 먹기로 결심했다. 이 쥐는 아홉 마리 가운데 가장 덩치가 큰 놈이었다. 길이가 한 뼘이나 되고 눈은 붉은빛을 띠고 있었다.

하지만 셴 할아버지가 가장 멀리 떨어져 있는 쥐 구덩이에 도착해보니 항아리처럼 생긴 구덩이 안에는 쥐가 뛰어오르며 떨어진 흙 부스러기밖에 없고, 쥐는 어디로 갔는지 보이지 않았다. 그는 넋이 나간 사람처럼 멍하니 구덩이 옆에 쭈그리고 앉았다. 다시 자세히 살펴보니 구덩이 안에 눈먼 개의 발자국이 보였다. 그리고 어지럽게 널린 쥐 털과 대추 껍질 같은 핏자국도 보였다.

셴 할아버지는 날이 어두워질 때까지 그 구덩이 옆에 쭈그리고 앉아 있었다.

달이 나오자 셴 할아버지는 잠시 웃었다. 얇은 얼음에 균열이 생기며 깨지듯이 그는 마침내 일어서서 달빛 사이를 떠다니는 연기 그림자를 바라보며 말했다.

"먹어도 괜찮아. 그걸 먹었으니 앞으로 다가오는 세월에는 네가 나를 밥으로 생각하고 옥수수 옆에 살아 있거나, 아니면 내가 너를 잡아먹고 저 옥수수 옆에 살아 있거나 하자고 말할 수 있을 것 같구나."

셴 할아버지는 생각했다. 결국 내가 이 말을 너에게 하고 말았구나, 장님아. 아주 오랫동안 나는 너에게 이 말을 할 기회를 찾지 못했어. 셴 할아버지는 움막 쪽으로 걸어가기 시작했다. 두 다리는 노곤했지만 걸음걸이는 여전히 한 걸음 한 걸음 멈추지 않고 이어졌다. 그리고 산등성이 어귀에 이르러서는 물이 절반만 남은 물통을 멜대에 메고 돌아갔다.

움막 아래 엎드려 있던 눈먼 개는 할아버지의 발소리를 듣고는 얼른 일어났다. 할아버지를 향해 달려가고 싶어 하는 것 같더니 이내 말없이 살금살금 몇 걸음 뒤로 물러서서 옥수수를 에워싼 갈대 돗자리 울타리 입구로 가서 다시 엎드렸다. 달빛은 교교하게 뜨거운 열기에 젖어 있었다. 센 할아버지는 물통을 항아리 옆에 내려놓고 갈대 돗자리를 젖혀 항아리 안에 물이 가득 들어 있는 것을 확인했다. 그러고는 신발을 벗어 안에 든 흙을 털어낸 다음, 움막 기둥에 걸린 채찍을 힐끗 쳐다보았다. 잠시 기침하던 그가 천천히 입을 열어 말했다.

"장님아, 이리 좀 오너라."

눈먼 개는 며칠 만에 처음으로 할아버지가 자신을 부르는 소리를 들었다. 달빛 속에서 개는 가볍게 몸을 움츠렸다가 힘겹게 다시 일어섰다. 그리고 잔뜩 겁먹은 표정으로 쭈뼛대며 한 걸음 또 한 걸음 할아버지가 앉아 있는 쪽으로 다가갔다. 등의 드문드문한 털 사이로 미세하게 떨리는 소리가 났다. 센 할아버지가 시선을 먼 곳으로 던지며 말했다.

"장님아, 두려워할 것 없어. 먹었으면 먹은 거지. 어차피 그건 너와 나의 마지막 식량이지 않았느냐. 네가 내 몫까지 다 먹었어도 나는 널 탓할 생각이 없단다."

그러고는 고개를 돌리며 말을 이었다.

"내가 네게 한 가지 할 말이 있단다, 장님아. 이 산맥 반경 100리 안에 이제는 단 한 톨의 식량도 없어. 쥐 한 마리도 없단 말이다. 사흘이 지나면 너와 나 둘 다 말할 기운조차 없게 될 거야. 그때가 되어도 너는 살아야 해. 나를 밥 삼아 한 끼 한끼 먹어치우며 이 옥수수를 지켜야 한다. 마을 사람들이 돌아오면 이 옥수수 열매를 딸 테니까 말이다. 혹시 내가 너를 너덧 달 동안 키워준 것에 감사하고 싶다면, 그리고 내가 이 세상에 살아남기를 바란다면 내가 널 잡아먹고 가을 추수 때까지 살아남게 해다오."

셴 할아버지가 말을 이었다.

"장님아, 이 일은 네가 결정하도록 해라. 살고 싶으면 오늘 밤 이곳을 떠나 어디든지 가서 숨어 있다가 사나흘 지나서 다시 돌아오도록 해. 그때쯤이면 나는 이 자리에 그대로 굶어 죽어 있을 테니까."

말을 마친 셴 할아버지는 손으로 위에서 아래로 천천히 얼굴을 훔쳤다. 두 줄기 눈물이 그의 손바닥을 흥건하게 적셨다.

눈먼 개는 미동도 하지 않다가 할아버지가 말을 마치자 천천히 그를 향해 몇 걸음 다가갔다. 할아버지의 무릎 아래로 다가간 개는 천천히 앞발을 구부렸지만 뒷발은 여전히 곧게 세우고 있었다. 눈먼 개는 앙상하고 기다란 머리를 더 높이 치켜들고는 우물 같은 두 눈구멍으로 할아버지를 말없이 쳐다보았다.

셴 할아버지는 눈먼 개가 자신을 향해 무릎을 꿇은 것임을 모르지 않았다.

무릎을 꿇었다가 다시 몸을 일으킨 개는 천천히 부뚜막으로 가서 입으로 솥뚜껑을 밀어 열고는 솥 안에서 한 가지 물건을 꺼내 다시 할아버지에게로 다가왔다.

눈먼 개는 그 물건을 할아버지 발밑에 내려놓았다. 다름 아니라 가죽을 다 벗긴 쥐였다. 가죽이 벗겨진 쥐는 물에 젖어 달빛 아래 검푸른빛을 띠고 있었다. 쥐의 몸에 피가 그대로 뭉쳐 있는 것을 한눈에 알 수 있었다. 셴 할아버지가 쥐를 잡을 때는 배를 가르고 창자를 따 피가 전부 밖으로 빠져나가게 하는 것과는 달랐다. 셴 할아버지가 그 자줏빛 고기를 들어 살펴보니 살 위에 눈먼 개의 이빨 자국이 벌집처럼 빽빽하게 남아 있었다. 그가 긴 안도의 한숨을 내쉬며 말했다.

"너 그 쥐를 먹어치운 게 아니었구나. 먹으면 먹는 거지. 내 몫을 남겨줄 필요는 없는데 그랬구나."

셴 할아버지는 너무 성급하게 둘 중 하나가 죽어야 한다는 이야기를 꺼낸 것을 후회했다. 그가 쥐 고기를 달빛에 비춰 보며 말했다.

"뱃속 가득 검푸른색인 걸 보니 아무래도 칼로 잡은 것보다 맛있을 것 같지는 않구나."

눈먼 개는 할아버지 다리 가까이 다가가 엎드렸다. 그러고는 머리를 할아버지의 발등에 뉘었다.

다음 날 셴 할아버지는 쥐 고기를 삶아 절반을 눈먼 개에게 주면서 말했다.

"어서 먹거라. 사는 날까지 살아보자꾸나."

눈먼 개가 먹지 않자 셴 할아버지는 개의 입과 턱을 벌려 쥐 머리와 다리뼈 세 조각을 넣어주었다. 나머지 잘 익은 고기는 셴 할아버지가 손에 들고 옥수수 열매 앞으로 가서 오래오래 씹었다. 그는 이 자줏빛 고기를 두 입에 다 먹고 나면 먹을 것이 완전히 바닥난다는 사실을 잘 알고 있었다. 남은 일은 그저 땅바닥에 쓰러져 힘이 다할 때까지 버티다 굶어 죽는 것뿐이었다.

죽으면 죽는 것이었다. 일흔두 살이면 산맥에서는 그나마 장수한 편에 속했다. 천지에 이렇게 큰 가뭄이 들어 밥 지을 양식이 한 톨도 없이 다 떨어졌는데도 반년을 더 살았을

뿐더러 이 옥수수 한 그루를 잘 키워낸 터였다. 옥수수는 그보다 머리 세 개만큼 더 컸고 잎도 길고 넓었으며 열매는 무 만큼 굵게 자란 터였다. 셴 할아버지는 옥수수수염을 응시하며 쥐 고기를 한두 점 천천히 씹어 먹었다. 그런 다음 손가락을 입안에 넣고 아주 맛깔나게 빨았다.

바로 이때 한 가지 물체가 눈꽃처럼 셴 할아버지 얼굴 위로 날렸다. 그는 손가락을 여전히 입에 문 채 고개를 들었다. 황백색이던 옥수수 꼭대기가 하룻밤 사이에 검붉은빛으로 변해 있었다. 꼭대기에 왕겨 같은 작은 털이 내려앉기 시작했다. 옥수수가 수분(受粉)하려는 것이었다. 이는 열매를 맺기 시작한다는 것을 의미했다. 이렇게 가을 곡식이 익어가는 계절이 왔다. 셴 할아버지는 고개를 들어 하늘을 올려다보았다. 날카롭고 흰 빛발이 한 가닥 한 가닥 공중에서 서로 부딪치면서 우당탕퉁탕 소리를 냈다. 바람이 불면 더없이 좋을 것 같았다. 셴 할아버지는 이런 계절에는 바람이 좀 불어야 한다고 생각했다. 그래야 옥수수의 수분이 빠르게 골고루 이뤄질 수 있고 열매도 튼실하고 가지런하게 자랄 수 있기 때문이었다.

셴 할아버지는 손가락을 입에서 꺼내 잠방이에 대충 문질러 닦은 다음 조심스럽게 옥수수 열매를 만져보았다. 두꺼운 옥수수 열매의 껍질을 사이에 두고 셴 할아버지는 잘 익은 무처럼 말랑말랑한 열매 속에서 울퉁불퉁한 무언가가 반쯤 손에 만져지는 것을 느꼈다. 순간 그의 심장이 쿵 하고 내려앉더니 뛰지 않았다. 문이 갑자기 닫힌 것 같았다. 셴 할아버지의 손은 옥수수 열매 위에서 굳어버렸고 얼굴도 허공에 뜬 채 딱딱해졌다. 입도 굳게 다물어졌다. 아주 짧은 순간이 지나고 옥수수 열매의 알이 손에 말랑말랑하게 만져지는 것을 확인한 그는 갑자기 다시 문이 열린 것처럼 심장이 요란한 소리를 내면서 미친 듯이 뛰기 시작했다. 쇠망치로 가슴을 두드리는 것 같았다. 얼굴에 흥분한 기색이 역력했다. 메마르고 주름진 거무튀튀한 피부 아래로 하천의 급류가 흐르는 것 같았다. 옥수수 열매의 껍질을 쥐고 있는 두 손이 갑자기 버짐이 핀 것처럼 가려웠다.

셴 할아버지는 손을 입으로 가져가 입김을 불며 갈대 돗자리 울타리에서 나왔다. 그러고는 마른 홰나무에 걸어놓았던 호미를 가져다 옥수수 주위를 팍팍 파기 시작했다. 호미 아래로 떨어지는 흙 알갱이가 밀이나 좁쌀처럼 아주 가늘게 다져졌다. 뜨거운 가을 추수기의 진한 황금빛 향기를 머금고 있는 것 같았다. 옥수수 줄기 앞에서 시작해 갈대 돗자리 울타리까지 땅을 갈고 난 셴 할아버지는 너무 지쳐 자잘

한 삼노끈처럼 짧고 어지러운 숨을 헐떡이며 몰아쉬었다.

셴 할아버지가 갈대 돗자리 울타리를 걷어 홰나무 아래로 던져버렸다. 눈먼 개는 영문도 모르고 뒤를 쫓았다. 셴 할아버지는 아무 말 없이 갈대 돗자리를 지탱하던 말뚝 바깥쪽까지 땅을 갈더니 다시 뒤돌아서 큰 물 항아리 바깥쪽의 땅을 갈았다. 그러다가 호미를 잘못 휘둘러 물 항아리를 치는 바람에 항아리에서 아주 맑고 깨끗하며 촉촉하고 날카로운 소리가 울렸다. 그제야 몸을 일으킨 그는 잠시 멍하니 서서 얼굴 가득 찬란하고 뜨거운 미소를 지으며 말했다.

"장님아, 가을 추수기가 돌아왔구나. 옥수수가 종자를 맺었어."

눈먼 개가 혀로 입술을 핥았다.

셴 할아버지는 땅바닥에 누워 하늘에 대고 말했다.

"나는 끝까지 다 버텨냈어. 가을이 익어가고 있다고."

눈먼 개가 혀로 할아버지의 손가락을 핥았다.

셴 할아버지는 눈먼 개가 간지럽게 손을 혀로 핥는 가운데 스르르 잠이 들었다.

잠에서 깨어 또다시 옥수수 열매를 자세히 살펴보는 셴 할아버지의 얼굴에서 갑자기 흥분한 표정이 사라졌다. 그는 옥수수잎의 짙은 초록빛이 이전보다 더 짙어지지 않고 오히려 아주 엷은 누런빛이 한 가닥 스며든 것을 발견했다. 이 누런빛은 아래 잎에도 있었고, 줄기 끝에 이제 갓 나온 잎에도 있었다. 평생 농사를 지어온 셴 할아버지는 옥수수에 거름이 부족하다는 것을 잘 알고 있었다. 지금은 옥수수가 열매를 맺는 때라 거름이 충분해야 종자를 알차게 맺을 수 있었다. 가장 좋은 거름은 사람의 분뇨였다. 예전에도 이맘때가 되면 옥수수 줄기 옆에 쪽박 가득 인분을 가져다 채워놓았었다. 그가 키운 밀과 콩, 수수는 항상 마을에서 가장 품질이 좋다고 소문이 자자했었다. 셴 할아버지는 바러우산맥에서 누구에게도 뒤지지 않는 탁월한 농사 기술의 소유자였다.

옥수수 줄기 앞에 선 셴 할아버지의 입술은 이미 산등성이 밭처럼 말라 터져 있었다. 하지만 물을 마시러 가지도 않았고 눈먼 개에게 마실 물 반 사발을 떠주지도 않았다. 그는 어디에 가야 인분을 구할 수 있는지 알 수 없었다. 마을의 뒷간은 전부 연기가 날 정도로 말라 있었고, 남아 있는 인분 또한 땔감처럼 햇볕에 바짝 말라 거름의 효능이 전혀 없었다. 셴 할아버지와 눈먼 개는 이미 여러 날 동안 똥이 마렵지 않았다. 위장이 그동안 먹은 쥐 고기와 뼈 부스러기를 전부 빨아들여버렸기 때문이다.

셴 할아버지는 잡아먹고 버린 쥐 가죽이 생각나 골짜

기 아래로 내려가 찾아봤지만 단 한 점도 찾을 수 없었다. 그 쥐 가죽을 자신이 샘으로 물을 길으러 갔을 때 장님이 전부 먹어치웠을 것이라고 추측했다. 절벽 아래서 숨을 헐떡거리며 기어 올라온 셴 할아버지는 눈먼 개에게 한번 물어보고 싶었지만 그렇게 하지 않았다. 그저 개 앞에 잠시 말없이 서 있다가 곧장 솥으로 가서 기름이 둥둥 떠 있는 고기 삶은 국물을 한 사발 들이켜고는 솥뚜껑을 닫지 않은 채 몸을 돌려 가다가 개에게 한마디 던질 뿐이었다.

"목이 마르거나 배가 고프면 너도 가서 마시도록 해라."

양곡 자루를 들고 거름을 찾으러 마을로 간 셴 할아버지는 한나절이 지나서야 빈 자루를 들고 돌아왔다. 손에 대나무 장대를 하나 쥐고 땅을 짚으며 몇 걸음에 한 번씩 멈춰서서 쉬어야 했다. 기력이 완전히 소진된 그는 빈 자루를 땅바닥에 내던지고 움막 아래로 가보았다. 눈먼 개가 아직 그 자리에 엎드려 있고 솥 안의 고기 삶은 국물 역시 그대로 있었다. 국물 위에 뜬 열한 조각의 기름 자국 역시 변함이 없었다.

"국물을 안 마셨니?"

셴 할아버지가 눈먼 개에게 물었다. 눈먼 개가 힘없이 몸을 뒤척이자 셴 할아버지는 솥이 있는 곳으로 가서 또 국자로 국물 반 사발을 떠 마셨다. 열한 개의 기름 자국 가운데 다섯 개를 마셨다. 셴 할아버지가 눈먼 개에게 말했다.

"이제 남은 건 다 네 몫이다."

셴 할아버지는 옥수수 앞으로 갔다. 옥수수잎을 다시 살펴보니 엷던 누런빛이 더 짙어진 것 같았다. 초록빛이 누런색 아래 감춰져 있는 것 같았다. 그는 속으로 스스로에게 말했다. 넌 어째서 일찌감치 거름을 준비하지 않은 거야? 너 이 마을의 셴 영감이 아니었어? 이런 조상 대대로 염병할 놈 같으니라고! 어째서 옥수수가 열매를 맺을 때 가장 필요한 것이 거름이라는 것을 생각하지 못한 거야?

그날 밤 셴 할아버지는 옥수수 줄기 아래서 잠이 들었다. 이튿날 깨어보니 옥수수잎 몇 장에 초록빛이 거의 퇴색하고 누런빛이 종이처럼 잎사귀 위에 널리 퍼져 있었다.

다음 날 밤에도 셴 할아버지는 옥수수 줄기 아래서 잠을 잤다. 사흘째 되는 날 잠에서 깨어보니 또 잎사귀 두 장이 위에서 아래로 누렇게 떠서 푸석푸석해지기 시작했을 뿐만 아니라 열매 위의 붉은 수염 역시 너무 일찍 두 가닥이 말라 있었다. 옥수수 열매를 만져보니 진흙처럼 흐물흐물했다. 자기 몸 안의 뼈처럼 손에 걸리던 은은한 감촉이 연기처럼 흩어져버렸다.

사흘째 되는 날 밤, 셴 할아버지는 잠을 자지 않고 옥수수 줄기 아래서 호미로 긴 고랑을 팠다. 너비 다섯 자, 깊이 석 자, 길이 다섯 자로 사람 하나가 간신히 눕거나 개 한 마리가 넉넉하게 누울 수 있는 크기였다.

무덤이었다.

무덤은 옥수수 줄기에 아주 가깝게 붙어 있어 옥수수 뿌리 몇 가닥이 무덤 벽으로 삐져나와 있었다. 무덤을 다 판 셴 할아버지는 땅바닥에 드러누워 잠시 쉬다가 부뚜막 앞으로 가서 솥을 열어보았다. 안에는 여전히 고기 삶은 국물이 반 사발 정도 남아 있었다. 국물 위에 뜬 여섯 개의 기름 자국은 그대로 솥 바닥에 붙어 가만히 정박해 있었다. 국물을 마시고 싶었다. 하지만 국자로 떴다가 다시 쏟아놓았다. 이 반 사발의 기름 뜬 국물은 눈먼 개의 몫이었다. 셴 할아버지가 말했다.

"사흘이 지났는데 어째서 국물을 안 마시는 게냐, 장님아?"

눈먼 개는 움막 기둥 아래 엎드려 있었다. 지난 사흘 동안 미동도 하지 않고 줄곧 그 자리에 엎드려 있었다. 시원한 밤이 개를 감싸고 있었다. 고개를 들어 할아버지가 말하고 있는 방향으로 보이지도 않는 눈길을 던진 개는 그의 말이 이어지지 않자 다시 머리를 앞발 위에 얌전히 뉘었다. 하늘은 이미 어슴푸레하게 밝아오고 있었다. 산등성이에서는 밤의 어둠이 낮의 빛으로 바뀌고 있었다. 이때 셴 할아버지가 항아리 위로 엎드려 물을 몇 모금 마시고는 가위를 가져와 송곳으로 뚫듯 항아리 밑바닥을 뚫기 시작했다.

물 항아리 밑에 구멍을 하나 낸 셴 할아버지는 물이 배어 나오자 다시 흙을 한 줌 집어 그 작은 구멍을 메웠다. 이 모든 일을 마친 그는 이제 더 이상 할 일이 없다는 듯 호미를 나무에 걸어두고 삽을 무덤 옆에 놓아두고는 물 항아리 입구를 갈대 돗자리로 꼼꼼하게 덮었다. 그러고는 움막 기둥 위의 이불을 개기 시작했다. 사발과 젓가락, 국자 등속도 전부 움막 기둥 아래로 치워놓았다. 그런 다음 마지막으로 옥수수 줄기 앞에 서서 누런빛이 만연하고 푸석푸석해진 잎사귀를 바라보다가 물주머니 같은 열매를 주물러보았다. 고개를 돌려보니 해가 크게 소리를 지르듯 동쪽 산등성이의 두 고개 사이로 솟아 나와 한 덩어리로 붉게 엉키더니 산맥 위를 물들이고 있었다. 산과 들이 온통 핏빛이었다.

셴 할아버지는 옥수수와 움막 기둥 사이에 서서 눈앞의 산등성이들을 바라보았다. 수천수만의 붉은 등을 단 소떼가 사방팔방으로 움직이는 것 같았다. 기력이 다해 눈앞이

어지럽고 잘 보이지 않는 셴 할아버지는 눈을 비비면서 고개를 들어 하늘을 바라보았다. 테두리에 금빛이 양감된 비늘구름이 해 앞에서 팔짝팔짝 뛰고 있었다. 붉은 호수 안에서 무수한 물고기들이 왕성하게 헤엄치고 있는 것 같았다. 오늘의 햇빛 무게는 적어도 한 냥 4전은 되는 것 같았다. 셴 할아버지는 이런 생각을 하며 고개를 돌려 움막 기둥에 걸려 있는 저울을 힐끗 쳐다보았다. 그러고 나서 눈먼 개 앞으로 걸음을 옮겨 개를 번쩍 안아 무덤 안에 내려놓았다.

개가 무덤의 사방 벽에 털을 문지르자 다시 무덤에서 꺼내 품에 안으며 말했다.

"장님아, 네가 죽지 않으면 내가 죽어야 해. 누가 살든지 먼저 죽는 쪽이 이 구덩이에 묻히는 거야, 알았지?"

여기까지 말하고 나서 셴 할아버지는 손을 눈먼 개의 등으로 옮겨 털을 쓸어주고 다시 개의 눈가로 옮겨 눈물을 닦아주었다. 그러고는 또 말을 이었다.

"죽고 사는 건 운명에 맡기자꾸나. 내가 이 동전을 하늘에 던지마. 동전이 땅에 떨어졌을 때 글자가 있는 거친 면이 나오면 네가 나를 이 무덤에 묻어 거름이 되게 하고 그림이 있는 면이 나오면 내가 널 이 무덤에 묻어 거름이 되게 하는 걸로 하자꾸나."

눈먼 개의 마른 우물 같은 두 눈이 할아버지의 손에 쥐인 동전을 쳐다보며 움직이지 않았다. 뿌연 눈물이 붉으면서도 거무스름한 빛으로 그렁그렁 맺혀 센 할아버지가 새로 판 무덤의 흙 위로 떨어졌다.

"울지 말거라."

센 할아버지가 말했다.

"나는 죽으면 축생인 너로 변해서 환생할 것이고, 너는 죽으면 사람인 나로 변해 내 어렸을 때 모습으로 환생할 거야. 그러면 우리는 지금까지 그래왔던 것처럼 서로 의지하며 함께 살아갈 수 있을 게다."

정말로 눈먼 개는 눈물을 흘리지 않았다. 개는 일어나 보려고 애썼지만 앞발에 힘이 없어 다시 무덤 옆의 흙더미 위로 엎드리고 말았다.

센 할아버지가 말했다.

"어서 가서 솥 안에 남은 기름이 뜬 국물을 마시거라."

눈먼 개는 할아버지를 향해 고개를 내저었다.

센 할아버지가 말했다.

"그럼 이제 동전을 던질게. 누구라도 기력이 남아 있을 때 상대방을 무덤 안으로 밀어 넣고 묻어주는 거야."

눈먼 개는 보이지 않는 눈으로 할아버지가 평평하게 갈

아놓은 땅을 바라보았다.

센 할아버지는 마지막으로 개의 등을 세 번 쓸어주고 나서 흙더미 위에서 일어섰다. 해가 빠른 걸음으로 산등성이를 향해 올라가고 있었다. 자세히 귀를 기울이면 이 뜨겁고 광활한 대지 위로 불길이 활활 타오르는 거대한 소리를 들을 수 있었다. 거대한 천이 산등성이 저편에서 바람에 휘날려 위아래로 움직이는 것 같았다. 센 할아버지가 욕을 해댔다.

"이 조상 대대로 염병할 해 같으니라고!"

그런 다음 마지막으로 동전을 힐끗 보고는 눈먼 개를 향해 고개를 돌려 동전을 던진다고 알렸다. 동전이 허공에 던져졌다. 햇빛이 수풀처럼 조밀했다. 장대 하나 높이로 허공에 올라간 동전은 햇빛에 부딪히자 금속이 서로 부딪칠 때 나는 붉고 빛나는 소리를 내더니 떨어질 때는 빙글빙글 여러 번 몸을 뒤집으며 빛발을 이리저리 잘라냈다. 센 할아버지는 공중에서 떨어지는 동전을 뚫어져라 쳐다보았다. 갑자기 아주 커다란 빗방울을 쳐다보는 것처럼 눈동자가 경직되며 피가 몰려 몹시 아팠다. 눈먼 개도 흙더미 위에서 일어섰다. 개는 동전이 땅에 떨어지는 순간의 그 붉고 누르스름한 바람 소리를 들었다. 잘 익은 살구가 풀밭에 떨어지는 것 같은 소리였다.

셴 할아버지가 동전 쪽으로 다가갔다.

눈먼 개도 할아버지의 뒤를 따랐다.

셴 할아버지는 갈아놓은 땅 앞으로 가서 허리를 약간 구부렸다가 다시 몸을 곧게 세우고는 길게 한숨을 내쉬었다. 그러고는 몸을 돌려 낮은 목소리로 말했다.

"장님아, 가서 저 기름 뜬 국물 반 사발을 마시거라. 그걸 마셔야 나를 묻을 힘이 생기지."

눈먼 개는 선 채로 꼼짝도 하지 않았다.

셴 할아버지가 말했다.

"어서 가. 말 들어라. 그걸 마시고 나서 날 묻어야 한단 말이다."

눈먼 개는 여전히 움직이지 않고 앞발을 구부려 할아버지를 향해 무릎을 꿇었다. 셴 할아버지가 또 말했다.

"무릎 꿇을 필요 없다. 이건 다 하늘의 뜻이야. 나는 옥수수를 위한 거름이 되어야 하거든."

셴 할아버지는 다시 동전을 집어 들고는 개의 머리를 쓰다듬으며 말했다.

"미안해서 그러는 게냐? 그럼 내가 동전을 두 번 더 던지마. 세 번 가운데 글자가 두 번 나오면 내가 죽고 그림이 두 번 나오면 네가 죽는 걸로 하자꾸나."

눈먼 개가 땅바닥에서 몸을 일으켰다.

셴 할아버지가 다시 한번 동전을 던졌다. 동전은 눈먼 개 앞에 떨어졌다. 셴 할아버지가 동전을 힐끗 보며 말했다.

"다시 던질 필요가 없을 것 같구나."

셴 할아버지는 부드러운 동작으로 땅바닥에 앉았다. 눈먼 개는 동전이 땅에 떨어지는 소리를 쫓아 앞발로 동전 윗면을 만져보더니 다시 혀로 같은 자리를 핥았다. 엎드린 채 핥으며 아주 오래도록 눈물을 흘렸다. 눈 깜짝할 사이에 개의 머리 아래에 작은 진흙 구덩이 두 개가 생겼다.

"어서 가서 기름 뜬 국물 반 사발을 마시거라."

셴 할아버지가 말했다.

"마시고 와서 파놓은 흙으로 나를 묻도록 해."

말을 마친 셴 할아버지는 몸을 일으켜 움막 기둥 아래로 가서 가느다란 대나무 막대기를 뽑아 왔다. 길이가 두 자 조금 넘는 막대기였다. 중간에 일정한 간격을 두고 구멍이 뚫려 있었다. 입으로 한 번 불자 바람이 잘 통했다. 셴 할아버지는 이 대나무 막대기를 항아리 아래 작은 구멍에 찔러 넣은 다음 고무로 그 작은 구멍의 주위를 메웠다. 구멍 주변으로 물이 한 방울도 새어 나오지 않았다. 가느다란 대나무 막대기 끝을 한 번 누르자 가느다란 물방울이 맺히며 옥수수 알갱이처럼 반짝이는 물이 한 방울 한 방울 옥수수 뿌리에서 가장 가까운 곳에 똑똑 떨어졌다. 땅바닥에서 금세 푸르고 붉은 물을 빨아들이는 소리가 울려 퍼지더니 점점 넓게 땅바닥을 적셨다.

셴 할아버지는 잘게 다진 흙을 쌓아 옥수수 줄기 둘레에 작은 테두리를 만들었다. 물방울이 많이 모이더라도 다른 곳으로 멀리 흘러가지 못하게 막기 위해서였다. 이렇게 세심한 작업까지 마친 그는 손에 묻은 흙을 털고 고개를 돌려 머리 꼭대기에 떠 있는 해를 보고는 저울을 가져다 햇빛의 무게를 달아보았다. 한 냥 5전이었다. 이어서 말채찍을 가지고 공터로 간 셴 할아버지는 해를 향해 열 번 넘게 연달아 거칠게 휘둘렀다. 무수한 햇빛의 파편이 그의 눈앞에서 배꽃처럼 자잘하게 떨어져 흩날렸다. 마침내 기운이 다한 셴 할아버지는 말채찍을 걸어두고 해를 향해 목이 쉬도록 소리를 질러댔다.

"네가 이 셴 영감처럼 옥수수 종자가 열매를 잘 맺게 할 수 있어? 네가 어떻게 이 셴 영감처럼 할 수 있겠느냐?"

12

햇빛 속에서 누런 모래 같은 쉰 목소리가 메아리가 되어 울려 퍼졌다. 깨진 꽹과리 소리처럼 이쪽 비탈에서 저쪽 비탈로 점점 희미해지며 멀어져갔다. 셴 할아버지는 그 소리가 완전히 사라지고 나서야 갈대 돗자리를 끌고 파놓은 무덤 안으로 들어갔다. 그러고는 바로 옆에 엎드려 있는 눈먼 개에게 말했다.

"날 묻은 다음에 내가 알려준 길을 따라 북쪽으로 가면 샘물이 있는 골짜기가 나올 거야. 거기에 물이 있어. 게다가 늑대들이 먹다 남긴 뼈들이 사방에 널려 있지. 그곳으로 가면 흉년과 가뭄이 다 지나갈 때까지 살아남을 수 있을 게다. 바러우산맥 사람들이 바깥세상에서 돌아올 때까지 살 수 있을 게야. 나는 이제 더 이상 살 수 없어. 오늘 죽으나 내일 죽으나 죽는 건 매한가지거든.”

해가 센 할아버지의 머리 위를 내리쬐고 있었다. 머리카락 사이의 흙 알갱이가 달랑달랑 흔들리며 서로 부딪치고 있었다. 말을 마친 그는 손으로 머리에 있는 흙을 털고 옥수수 뿌리털이 드러난 무덤 벽에 바짝 붙어 누웠다. 그런 다음 자기 몸 위로 갈대 돗자리를 머리부터 발끝까지 완전히 덮으며 말했다.

“어서 흙을 덮어, 장님아. 어서 나를 묻고 넌 북쪽으로 가거라.”

산맥은 아무 소리도 없이 고요하기만 했다. 지독하게 뜨거운 햇빛 속에 보일 듯 말 듯 감춰져 있던 불꽃이 갑자기 거세게 치솟기 시작했다. 드넓게 펼쳐진 망망한 공간 속에서 산등성이의 타는 냄새가 안개처럼 밀려 올라왔다. 산맥과 계곡, 마을, 길, 물이 말라버린 강바닥까지 모든 곳이 오래 내리쬐는 햇볕 아래서 금과 은이 녹은 듯한 걸쭉한 빛으로 가득했다.

사람들은 보통 가을에 비가 없으면 겨울에는 반드시 눈이 온다고들 생각했지만 겨울은 꾸물거리듯 아주 늦게야 찾아왔다. 마침내 찾아온 겨울은 아주 메마르고 혹독했다. 가뭄으로 인해 생긴 엄청난 재앙은 이듬해 밀을 파종할 때까지 쉬지 않고 계속되었다. 이때가 되어서야 비구름이 보름 동안이나 몰려왔다 흩어지기를 반복했다. 그러고는 마침내 비가 내렸다. 어둡게 가라앉은 날씨는 햇빛이 그랬던 것처럼 바러우산맥을 45일 동안이나 뒤덮었다. 물로 천지를 뒤덮으면서 온 세상이 홍수로 출렁일 때까지 쏟아져 내렸다.

비가 멎고 날이 개기까지 고통스럽게 버티고 나자 또다시 가을 수확의 계절이 돌아왔다. 산등성이에는 밖으로 나갔다가 돌아오는 사람들이 나타나기 시작했다. 요와 이불, 젓가락과 그릇을 짊어지고 한 살 더 먹은 아이들의 손을 잡고서 돌아왔다. 한밤중에도 달빛을 밟는 발소리가 푸르고 하얗게 끊어졌다 이어지기를 반복했다. 낮이 되자 산등성이에는 사람들의 행렬이 끊이지 않았다. 수레를 끄는 소리와 멜대 소리, 이야기 소리가 이어졌다. 산맥을 바라보다가 우연히 마주친 푸른 풀과 초록의 나무에 놀란 빨갛고 흰 감탄의 소리가 강물처럼 산등성이를 흘러내렸다.

곧이어 파종 시기가 찾아왔다. 이 계절에 피난을 갔다 돌아온 마을 사람들은 하나같이 파르르 진저리를 쳤다. 집집마다 가을 파종에 쓸 종자가 없다는 것을 깨달은 것이다. 바러우산맥 반경 수백 리 안에 어느 집에도 가을 파종에 쓸 종자가 없었다.

누군가가 셴 할아버지를 떠올렸다. 1년 전에 셴 할아버지가 연약한 초록빛 옥수수 모종을 위해 산맥에 남았던 일이 생각난 것이다. 이에 마을 사람들은 바리반 밖에 있는 셴 할아버지의 밭으로 우르르 몰려갔다. 마을 사람들은 아주 멀리서 한 무 하고도 몇 분 더 되는 밭에 외롭게 홀로 서 있는 움막을 발견했다. 움막 기둥 아래에 이른 마을 사람들은 셴 할아버지가 갈아놓은 밭에 일부러 심어놓은 것처럼 풀이 무성한 것을 발견했다. 아주 두터운 푸르름 속에 파랗고 순수한 청과맥 냄새와 옅은 노랑과 흰빛이 뒤섞인 비릿한 냄새가 흩어져 있었다. 그런 냄새가 황폐한 산 가득 떠다니다가 부딪치며 내는 추르르 소리를 들을 수 있었다. 깊은 밤에 들려오는 강물 흐르는 소리 같았다.

이런 푸르름 속에서 마을 사람들 눈에 가장 먼저 들어온 것은 작년에 이미 다 익어 마른 옥수수 줄기였다. 옥수수의 꼭대기는 꺾여 작은 나무의 줄기처럼 두 개의 갈대 돗자리 옆으로 구부러져 있었다. 곰팡이가 가득한 옥수수잎은 풀밭에 떨어져 있는 것도 있고, 아직 줄기에 붙어 있는 것도 있었다. 젖었다가 다시 마른 종이처럼 줄기에 달라붙어 있었다.

빨랫방망이만 한 옥수수 열매는 옥수수 줄기에 거꾸로 매달려 불어오는 바람에 가볍게 흔들리고 있었다. 바짝 말라 검게 변한 옥수수수염은 사람의 손이 닿자마자 꽃이 지듯이 풀밭으로 부서져 떨어졌다. 마을 사람들이 옥수수 열매를 따서 재빨리 마른 껍질을 벗기자 크고 튼실한 옥수수 속이 드러났다. 그 안에는 사람 종아리만큼 두껍고 팔만큼 긴 서른일곱 줄의 옥수수 알갱이가 박혀 있었다. 하지만 서른일곱 줄 가운데 손톱만 한 크기로 투명하게 반짝이는 것은 일곱 알뿐이었고, 나머지는 모두 마른 콩처럼 거무튀튀하고 누렇게 떠서 제대로 자라지 못한 채 말라 있었다.

이 일곱 알만이 하늘의 별처럼 드문드문 잿빛으로 바짝 마른 알갱이들 사이에 자리하고 있었다. 어두운 밤하늘에 눈부시게 푸르른 별 일곱 개가 떠 있는 것 같았다. 마을 사람들은 이 일곱 알만 남은 옥수수 열매를 바라보다가 말없이 움막 기둥 아래 서서 이리저리 눈길을 돌렸다. 그때 커다란 항아리를 덮고 있던 갈대 돗자리가 바람이 불자 근처에 있는 솥과 부뚜막 쪽으로 날아갔다. 항아리 안에는 물 한 방울 없이 모래만 두껍게 깔려 있었다. 항아리 아래에 꽂아둔 가느다란 대나무 막대기도 이미 여러 군데가 갈라져 틈이 벌어져 있었다. 항아리 동쪽에는 사발과 국자가 나뒹굴고 있고 그

위쪽 움막 기둥에는 말채찍과 저울이 걸려 있었다.

물 항아리에서 서남쪽으로 다섯 자 정도 떨어진 지점에는 풀로 뒤덮인 작은 둔덕이 옥수수 줄기 풀밭에 바짝 붙어 있었다. 울퉁불퉁한 지면 위로 약간 높게 솟아 있는 둔덕 안쪽에는 움푹 파인 땅 위로 풀이 잔뜩 자라 있었다. 이어서 너비가 한 자 반, 길이가 다섯 자, 깊이가 석 자쯤 되는 구유만 한 구덩이가 나타났다. 그 구덩이 맨 앞쪽 무성한 풀숲 속에는 개 한 마리가 누워 있었다. 비쩍 말라 뼈가 드러난 털가죽에는 벌레 먹은 구멍이 무수히 나 있었다. 머리의 두 눈구멍은 몹시 새까맣고 깊었다. 개는 온몸이 햇빛에 완전히 말라 있었다. 마을 사람들은 가볍게 발로 툭 차서 개를 구유만 한 구덩이 밖으로 걷어냈다. 건초 한 무더기가 걷어차여 날아가는 것 같았다.

개를 치우자 구유만 한 구덩이 아래로 쿵 하고 관만 한 크기의 무덤 형태 구덩이가 드러났다. 마을 사람들의 마음속에서 와르르 하는 소리가 크게 울렸다. 모두 그것이 셴 할아버지의 무덤이라는 것을 깨달았다. 셴 할아버지가 이 구유만 한 구덩이 안에 묻혀 있었던 것이다. 마을 사람들은 셴 할아버지를 조상들의 묘지로 옮기기 위해 무덤을 파기 시작했다. 처음 삽을 밀어 넣자 우지끈 푸르고 하얀 소리가 울렸다. 뒤엉켜 휘감긴 나무뿌리를 건드린 것 같았다. 조심스레 무덤 안의 풀을 걷어내고 부드러운 흙을 헤치자 마을 사람들의 눈앞에 펑 하는 소리와 함께 셴 할아버지의 바지가 이미 흔적도 없이 사라져 한 겹의 얇은 흙으로 변한 모습이 드러났다. 셴 할아버지의 몸 전체가 이미 썩어서 부스러기가 되어 있고 뼈의 관절은 모두 떨어져 나간 상태였다. 코를 찌르는 하얀 냄새가 연무처럼 허공으로 피어올랐다.

무덤에 누워 있는 셴 할아버지는 한쪽 팔을 옥수수 줄기 바로 밑으로 뻗고 있었다. 나머지 몸도 전부 옥수수 가까이 바짝 붙어 있었다. 온몸에 별자리나 바둑알처럼 벌레 먹은 구멍이 빽빽하게 나 있었다. 개의 몸에 난 벌레 구멍보다 몇 배는 더 많았다. 수염 같은 옥수수 뿌리가 등나무 줄기처럼 한올 한올 이어져 분홍빛 얼굴을 드러냈다. 그 뿌리들은 모두 벌레 구멍을 통해 셴 할아버지의 가슴과 허벅지, 손바닥과 뱃속으로 길게 파고들어 있었다. 젓가락만 한 굵기의 뿌리 한 가닥이 셴 할아버지의 썩은 살을 뚫고 백발이 드문드문 남은 머리뼈와 갈비뼈, 다리뼈와 손뼈를 관통하고 있었다. 붉고 흰 털뿌리 몇 가닥은 셴 할아버지의 눈을 관통하여 뒤통수 두개골 한가운데로 삐져나와 무덤 바닥의 딱딱한 지층을 깊게 부여잡고 있었다. 셴 할아버지의 뼈마디와 썩은 살은 전부 옥수수 뿌리의 그물망과 뒤엉켜 옥수수 줄기로 이어져 있었다.

그제야 마을 사람들은 위가 꺾인 옥수수 줄기 아래 아직 두 마디가 남아 있는 것을 발견했다. 한 해를 지내고도 여전히 희미한 물기를 머금은 푸른빛을 띠고서 이 계절까지 살아남아 있었던 것이다.

마을 사람들은 잠시 생각해본 끝에 셴 할아버지를 다시 원래의 자리에 묻기로 결정했다. 마른풀 같은 개의 사체도 셴 할아버지와 나란히 그 무덤 안에 함께 묻기로 했다. 새로운 흙의 냄새가 이 산비탈을 엷고 따스한 부패의 흰빛으로 넘쳐나게 했다.

매장을 마치고 산을 내려가려던 마을 사람들 중에 누군가가 움막 기둥 침대 위 베개 밑에서 비에 젖은 만년 달력을 발견했다. 또 누군가는 땅바닥에서 동전을 하나 주웠다. 동전은 오래됐는지 초록색 녹이 잔뜩 슬어 있었다. 초록색 녹을 문질러 닦아내자 동전의 한 면에 글자가 새겨져 있었다. 뒤에도 글자가 새겨져 있었다. 마을 사람들 가운데 누구도 양쪽 다 글자가 새겨져 있는 동전을 본 적이 없었다. 마을 사람들은 동전을 돌려보다가 도로 땅바닥에 던져버렸다. 햇빛이 밝게 빛났다. 동전은 허공에서 빛줄기에 연이어 부딪히면서 쨍그랑쨍그랑 붉은 꽃잎 같은 소리를 내다가 밭 위로 떨어져 고랑 안으로 굴러갔다.

사람들은 만년 달력을 들고 마을로 돌아갔다.

세월은 그렇게 하루하루 지나갔고 더 이상 가을 파종을 미룰 수 없는 계절이 되었다. 얻어 온 양곡을 다 먹은 바러우산맥 마을 사람들은 파종할 옥수수 종자를 찾지 못해 이 마을 저 마을로 무리를 지어 조수처럼 기근을 피해 세상 밖으로 떠나가기 시작했다. 보름도 채 되지 않은 시간에 수백 리에 달하는 바러우산맥은 또다시 텅 비어버렸다. 햇빛이 서로 부딪치고 달빛이 땅 위에 내려앉는 소리가 들릴 정도로 고요해졌다.

마지막으로 남은 사람들은 이 마을 일곱 가구의 일곱 사내였다. 그들은 젊고 건장했으며 기운이 넘쳤다. 그들은 일곱 개의 산등성이에 일곱 개의 움막을 세웠다. 서로 이웃하지 않은 일곱 뙈기의 황토 땅 위에 쉬지 않고 혹독하게 내리쬐는 날카로운 햇볕을 머리에 이고서 일곱 그루의 매끄러운 연한 녹색 옥수수 모종을 키워냈다.

죽음을 이기는 방법으로서의 죽음의 수용

너무나 아름답고 슬픈 소설이다. 한순간 슬퍼지고 마는 것이 아니라 슬픔의 맨 밑바닥을 딛고 한참 머물다가 절반쯤만 제자리로 돌아와 깊은 생각에 잠기게 하는 소설이다. 극한의 자연이 인성의 아름다움과 생명의 가치를 미니멀아트 작품처럼 극단적으로 세밀하게 그려내고 있다. 모든 것이 너무 극단적이다. 환경도 극단적이고 소설의 구도 설정도 극단적이다. 그 극단적 상황에 반응하는 셴 할아버지와 눈먼 개의 모든 행위도 극단적이다.

셴 할아버지와 눈먼 개의 세계는 척박하고 편벽한 산골 마을이 아니라 인간과 자연과 생명이 하나로 어우러진 작은 우주이다. 두 생명체의 모든 동작과 말 없는 대화는 생명의 가장 원초적인 모습을 상징한다. 이 짧은 소설을 관통하는 작가의 모든 수사에 대해서는 수사학적 평가가 불가능하다. 작가가 서문에 쓴 것처럼 신의 눈빛이 이끌어준 작품임에 틀림없다.

이 소설에서는 지속적인 한재를 텍스트의 기본적인 환경으로 설정하고 있지만 이는 아주 오랜 세월 농경사회의 상태를 유지해온 중국에서는 너무 익숙하고 실증 가능한 현상이었다. 농경사회 상태의 중국에서는 한재나 수재가 일종의 연례행사였다. 너무나 빈번하고 거대하고 불가항력적인 재난들이 끊임없이 이어졌다. 국가의 종합적인 정책이나 능력으로도 예방하거나 해결할 수 없을 정도로 가혹하고 엄청난 가뭄 속에서 수많은 인민들이 무기력하게 땅에 묻히는 일이 적지 않았다. 인류 역사가 농경사회를 벗어나 산업화사회로 진입하고자 하는 몸부림의 역사였던 이유도 여기에 있을 것이다.

하지만 이 소설의 목적은 극단적 한재와 이에 대한 인류의 반응을 기록하는 것이 아니다. 가라타니 고진이 『역사와 반복』에서 언급한 '문학이 상징적 방식으로 사회학을 처리하는 것'도 아니다. 극단적인 미학으로 극단적인 생존 환경에서의 생존 방식을 부각시키려는 것도 아니다. 그런 소설은 서양 문학사에서 얼마든지 찾아볼 수 있다. 예컨대 허먼 멜빌의『모비 딕』은 대자연의 힘에 대한 질의라는 측면이 있다. 모비 딕은 대자연의 상징이자 자연의 배후에 있는 초월적 힘인 동시에 인간의 유한한 힘과 무한한 힘에 대한 질의이기도 하다. 인간 의지의 힘은 역사와 국가, 사회라는 단일 차원에서도 표현될 수 있기는 하지만 그 상태가 너무 창백할 수밖에 없다. 인간이 만든 차원이라는 한계로 인해 모든 문제가 결국 인간으로 귀결되기 때문이다. 하지만『모비 딕』은 인간 의지의 힘을 자연의 의지와 신의 의지와의 비교를 통해 표현하고 있다. 인간의 지위를 신에 대항할 수 있는 존재로까지 격상시킨 것이다.

이러한 상황은 헤밍웨이의『노인과 바다』에서도 찾아볼 수 있다. 노인이 바다를 상대로 사투를 벌이는 일은 헤밍웨이의 시대에나 상상할 수 있는 일이었다. 그리 오래되지 않은 그 시대에는 인간의 자연 정복이 하나의 진리처럼 여겨졌다. 그래서 자연의 힘에 대항하여 승리하는 것이 인류의 엄청난 자부심이었다.

하지만 이 소설은 자연에 대한 인간의 승리를 선포하기 위한 작품이 아니다. 여기서 인간과 자연과의 투쟁 그리고 그 결과로서의 승패는 중요하지 않다. 노인과 개, 생명과 자연, 고난과 몸부림, 인류와 운명…… 같은 단순한 대비 혹은 대치적 구도 역시 접어두는 것이 바람직하다. 이 소설이 아름답고 따스한 이유는 처음과 끝을 관통하는 죽음에 대한 적극적인 수용의 힘 때문이다. 소극적인 죽음은 늑대보다 무섭고 쥐 떼보다 무섭다. 하지만 결국 그런 죽음을 상대로 한 싸움에서 이긴 것은 죽음의 적극적인 수용이다. 셴 할아버지와 눈먼 개가 자신들보다 더 무력한 옥수수 한 그루를 살리기 위해 취한 모든 행동의 이면에는 또 다른 생명을 위한 죽음에 대한 적극적인 수용이 일관되어 있다. 셴 할아버지와 눈먼 개는 죽음으로써 죽음을 이겨낸 것이라 할 수 있다.

노인 하나와 눈먼 개 한 마리, 옥수수 한 그루가 주인공이 되어 소설의 시작과 끝을 관통할 수 있다는 것은 거의 혁명에 가까운 소설 서사의 창조력이자 상상력이 아닐 수 없다. 옌롄커의 작품을 열두 권 번역한 역자로서 최고의 찬사를 보내고 싶은 작품이다.

소설은 아무리 재미있다고 해도 하룻저녁에 다 읽어서는 안 되는 열독물이다. 작품에 담긴 서사와 수사, 리듬, 다양한 배경지식을 함께 호흡하고 흡수하며 천천히 읽는 것이 바

람직하다. 적어도 이 소설만큼은 하룻저녁에 다 읽지 말아야
한다.

2025년 11월 26일

타이베이 루저우(蘆州)의 창문 없는 방에서

김태성

◆ ──────◆ **이 책을 향한 찬사** ◆────── ◆

엔롄커는 현존하는 중국을 대표하는 가장 위대한 작가 중 한 사람이다. _**영국 일간지 《가디언》**

정감으로 가득한 소설이다. 독자들은 자기희생이라는 주제에서 오는 감동을 피하기 어려울 것이다. 『연월일』은 오늘날 중국 사회가 수립한 피와 살을 지닌 인간 세상에 대한 경의를 담은 헌사이다. _**미국 일간지 《월스트리트 저널》**

이 소설가의 작품 세계로 들어가는 가장 매혹적이면서도 접근성 높은 입문서이다. 『연월일』은 폭넓은 독자층에 읽힐 만한 감동적인 우화이다. _**아일랜드 일간지 《아이리스 타임스》**

냉혹한 리얼리즘에서 생생한 악몽 같은 환상으로 나아가는 기묘하고 매혹적인 작품이다. 고통과 희생 그리고 동료애와 농민의 지혜를 담은 우화이다. _**호주 주간지 《새터데이 페이퍼》**

이 작품이 그려내는 곤경은 처참할 만큼 가혹하지만, 그것을 다루는 방식은 단정하고 엄정하면서도 신비로운 아름다움을 지녀 예술이 진실을 암시하는 비극적 희극성을 끝까지 유지한다. 절망의 본질로부터 이토록 희망적인 책을 만들어낸 옌롄커. 삶과 인간 존엄을 향한 외침이다. _**피터 크레이븐, 호주 일간지 《시드니 모닝 헤럴드》**

『연월일』은 중국 문학의 거장이 절정의 기량에 이르렀음을 보여주는 작품이다. 그의 풍자적 시선과 따뜻한 마음이 정교하게 구현된 수작이다. _**캐나다 일간지 《토론토 스타》**

옌롄커는 중국 문학에서 범상치 않은 현상임에 틀림없다. 그의 소설 『연월일』은 우화의 색채를 띠면서도 이미지와 상징, 깊이 있는 사유로 가득 차 있다. 작품 전체가 디테일에 대한 탐욕스러운 묘사와 인간성의 사악한 측면에 대한 과감한 폭로로 일관되어 있다. 그리고 그 속에 한 가닥 빛줄기처럼 선량함이 찬란하게 빛나고 있다. **_러시아 잡지《Snob》**

이 소설은 인류의 종말이라는 상황 속에서, 한 노인과 눈먼 개가 시골 마을에 남아 서로 생명을 의지하며 생존해가는 감동적인 이야기이다. 이야기의 우화적 특성이 독자들에게 풍부한 반성적 사유의 공간을 제공하고 있다. **_러시아 전자책 플랫폼《LitRes》**

『연월일』의 핵심은 운명에 대한 예찬에만 머무는 것이 아니라, 더 높고 먼 목적을 지향한다. 그것은 곧 인류의 운명 배후에 놓인 의도를 분명히 밝히는 일이다. 작가는 이처럼 극도로 우화적인 이야기 속에, 이 미친 시대 속에서 인류가 유기된 상태에 놓여 있다는 보다 깊은 은유를 감추고 있다. **_베트남 문예지《군대문예》**

인간의 승리를 그려낸 이 소설을 다 읽고 나면, 독자들의 마음을 휘감는 것은 한 사람의 운명만이 아니라 논밭을 버리고 고향을 떠났던 무수한 사람들의 처지이다. 결국 그들은 마을로 돌아와 자신의 터전과 고향을 되찾는 길을 선택한다. 삶이 아무리 고단해도 생명은 스스로 갈 길을 찾아 나아간다. 이 점을 작가 옌롄커는 더없이 명징하게 보여준다. 『연월일』의 첫 페이지부터 마지막 페이지까지 독자를 이끄는 것은 바로 이러한 믿음이다.

_베트남 일간지《난단 신문》

옮긴이 김태성

한국외국어대학교 중국어과를 졸업하고 같은 학교 대학원에서 대만문학 연구로 박사학위를 받았다. 중국학 연구공동체인 한성문화연구소(漢聲文化硏究所)를 운영하며 중국 문학 및 인문 저작 번역과 문학 교류 활동에 주력하고 있다. 중국의 문화 번역 관련 사이트인 CCTSS 고문,『인민문학』한국어판 총감 등의 직책을 맡고 있다.『인민을 위해 복무하라』『사람의 목소리는 빛보다 멀리 간다』『풍아송』『미성숙한 국가』『마르케스의 서재에서』『귀신들의 땅』등 150여 권의 중국 저작물을 우리말로 옮겼다. 2016년 중국 신문광전총국에서 수여하는 '중화도서특별공헌상'을 수상했으며, 2025년 9월에는 대만문화부로부터 3등 문화훈장을 받았다.

연월일(年月日)

초판 1쇄 발행 2026년 5월 6일

지은이 옌롄커
옮긴이 김태성

펴낸이 허정도 **편집장** 박윤희
책임편집 김정은 **디자인** 용석재
마케팅 신대섭 김수연 배태욱 김하은 이영조 **제작** 조화연

펴낸곳 주식회사 교보문고
등록 제406-2008-000090호(2008년 12월 5일)
주소 경기도 파주시 문발로 249 (10881)
전화 대표전화 1544-1900 주문 02)3156-3665 팩스 0502)987-5725

ISBN 979-11-7061-387-9 (03820)

· 책값은 표지에 있습니다.

· 이 책의 내용에 대한 재사용은 저작권자와 교보문고의 서면 동의를 받아야 가능합니다.

· 잘못된 책은 구입하신 곳에서 바꾸어 드립니다.

· '북다'는 문학을 기반으로 다양하게 변주된 책들을 만드는 종합 출판 브랜드입니다.